Kay Clasen

Khway si Dam

Eine Geschichte aus Thailand

AF215533

Bibliografische Information der Deutschen Nationalbibliothek
Die Deutsche Nationalbibliothek verzeichnet diese Publikation in
der Deutschen Nationalbibliografie, detaillierte bibliografische
Daten m Internet über: http://d-nb.de abrufbar

Impressum:

© 2017 Kay Clasen Neustadt/Weinstraße
Herstellung und Verlag: BoD, Books on Demand, Norderstedt
Alle Personen und Örtlichkeiten dieses Buches sind
frei erfunden.
Jede Ähnlichkeit mit lebenden Personen ist zufällig
und nicht beabsichtigt

ISBN 9783744893572

Kay Clasen

Khway si Dam

Eine Geschichte aus Thailand

Vorwort

Diese Geschichte und die darin handelnden Personen sind frei erfunden. Das Produkt allerdings um das es hier geht gibt es tatsächlich. Es wird von offizieller Seite zwar bestritten, unter der Hand kann man es jedoch erwerben. Recherchen dazu gestalteten sich schwierig. Wenn ich in Thailand auf das Thema zu sprechen kam wurde sofort abgeblockt, insbesondere von Frauen. Alle kannten es aber keiner wollte das zugeben. Der mit mir abgemachte Termin, bei der Produktion zugegen zu sein wurde am Tage vorher leider abgesagt.

Die medizinische Wirksamkeit ist nicht erwiesen, gleichwohl sind unerklärliche Heilungen dokumentiert.

Die im Buch genannten Preise wurden mir selbst angeboten.

Bei der Lektüre bitte ich zu bedenken das diese Geschichte in einem fernen Land spielt, mit einer uns fremden Kultur und Religion. Viele Dinge die wir mit Skepsis, ja mit Widerwillen sehen, sind dort normal und alltäglich.

Nun gute Unterhaltung bei der Suche nach dem schwarzen Buffalo.

Kay Clasen

1. Tag der offenen Tür

„**O**h du mein Buddha, du Erleuchteter",
tönte die Stimme Abtes durch die Halle.
„Du, der du uns lehrst wie wir zu leben haben".
Die Gläubigen saßen dichtgedrängt zu seinen Füßen und
lauschten seinen Worten. Nun ja, so ganz andächtig lauschten sie doch nicht. Etwas Flüstern mit der Nachbarin, dem
Kollegen noch etwas mitteilen, die Reste vom Essen aus
den Zähnen popeln, nach den letzten E-Mails schauen,
Kinderlachen, die eingeschlafenen Beine strecken, alles war
anscheinend erlaubt und wurde als ganz normal angesehen. Der Text war auch unwichtig, niemand wollte ihn
wirklich hören, man war dabei und würde auch den Segen
am Schluss erhalten. Nur darauf kam es letztlich an.
Die Halle war heute übervoll, auch draußen unter den
schattigen Bäumen hockten noch viele die drinnen keinen
Platz mehr fanden. Hier wurde die Andacht noch lockerer
gesehen. Man saß in kleinen Kreisen zusammen, plauderte
und ließ sich die Speisen schmecken, die fleißige Frauen
unten am Strand gekocht hatten.

Normalerweise lebten auf dieser kleinen Insel nur Mönche, Frauen waren somit absolut tabu. Aber heute war, wie einmal in jedem Jahr, der Zugang frei für jedermann. Schon vom frühen Morgen an fuhren die Longtails kostenlos die Besucher vom Ort zur Insel. Dort wurde gekocht, gegrillt, Salate zubereitet, Getränke ausgeschenkt. Alles Spenden und alles für jeden kostenlos zu haben. Thais essen gerne und lustvoll. Hier in dieser lockeren Atmosphäre, im Kreise von Freunden und Verwandten besonders gern. Da störten auch die Worte des Abtes nicht, zumal die Lautsprecher ohnehin nicht zu überhören waren.

Abt Suriban hatte die Augen geschlossen, hielt aber trotzdem sein heiliges Buch vor das Gesicht. Er hatte den Text wohl tausendmal und mehr rezitiert, brauchte kein Buch mehr. Aber es gehörte halt zum Ritual das er aus dem Buch vorlas. An seiner Stimme merkte man das er den Text selbst gar nicht hörte. Sie war absolut gleichmäßig, um nicht zu sagen monoton. Er hockte auf einem kleinen Podest, etwa zwei handbreit über dem Hallenboden, die Gläubigen saßen direkt auf den Fliesen, jedoch mit respektvollem Abstand zu ihm. Die Sitte und der Anstand gebietet es, immer unterhalb der Augen des Mönches zu sein. Unmöglich im Stehen, also von oben herab auf ihn zu blicken. Selbst wenn man sich ihm näherte, und das kam immer vor wenn man besondere Wünsche an Buddha hatte, die er weiterleiten sollte oder auch wenn dringende Fragen über den weiteren Verlauf des Lebens geklärt werden mussten. Dann rutschte man auf dem Boden hockend zu ihm hin oder zumindest in tief gebückter Haltung. Suriban war hochgeachtet und man suchte sehr gerne seinen Rat, wenn man nicht mehr wusste wie es weitergehen sollte im Leben.

Die zwölfjährige Noi sah es zuerst. Sie stieß ihre Mutter an und deutete in Richtung des Podestes. Doch Mutter war nicht ganz bei der Sache, dachte an andere Dinge und winkte ihrer Tochter still zu sein. Diese wand sich an ihre, hinter ihr sitzende Freundin und beide starrten nun auf die Ecke des Podestes aus der etwas hervorquoll. Nun bemerkten es auch andere Gläubige. Aus dem Podest rann ganz langsam eine Flüssigkeit. Es war nicht sehr hell in der Halle, nur das Glitzern der sich bewegenden Flüssigkeit war deutlich zu sehen. Jetzt war der feuchte Fleck nur so groß wie ein Teller, wuchs aber unaufhörlich. Gemurmel wurde laut. Die vorne Sitzenden rückten etwas zurück, wurden aber durch die dahinter hockenden gebremst. Man saß hier schließlich dicht gedrängt.

Der Fleck war jetzt fast einen Meter groß, breitete sich aber ständig weiter aus. Die ersten Leute standen auf und liefen gebückt zur Seite, hinten sitzende schoben sich nach vorne, wollten sehen was vor sich ging.

Abt Suriban rezitierte unverdrossen seinen heiligen Text mit geschlossenen Augen. Schon standen Personen auf, gingen nach vorne, scherten sich nicht um Anstand und Sitte, wollten wissen was passierte. Auch sie konnten sich auf die sich ausbreitende Flüssigkeit keinen Reim machen. Als der Rand der Pfütze einen Sonnenflecken auf dem Boden erreichte, sah man das sie dunkelrot war, dunkelrot wie Blut.

Ein groß gewachsener Mann drängte sich nach vorne, teilte die Menschenmassen energisch mit seinen Händen. Niemand kannte ihn. Er war unauffällig gekleidet mit einem langärmeligen Allroundshirt und knielangen blauen Jeans. Er stellte sich neben den roten Fleck, betrachtete ihn, lachte kurz höhnisch und steckte dann zwei Finger in die Flüssigkeit, zerrieb sie zwischen Daumen und Zeigefinger, wie um so die Konsistenz zu prüfen. Doch augenblicklich begannen sich die Finger auf zu lösen. Lösten sich in Nichts auf. Zuerst die Finger, dann die Hand. Der Fremde starrte mit weit aufgerissenen Augen auf seine Hand, wortlos sah er zu wie sie verschwand. Schon baumelte der Ärmel seines Shirts lose an ihm herunter. Er machte einen unbeholfenen Schritt nach vorne, direkt hinein in die rote Flüssigkeit. Dann sackte er nach vorne und wenig später lagen nur noch seine Kleidungsstücke auf dem Boden, er selbst war verschwunden.

Schreiend drängte die Versammlung der Gläubigen zu den Ausgängen. Auch Suriban hatte aufgehört zu rezitieren. Seine Augen waren allerdings immer noch geschlossen.

2. Der Police Mayor

Police Major Kitichai Namsochit war schlechter Laune. Ausgerechnet er, der Leiter der Kriminalabteilung, der sonst im Office saß und die anfallende Arbeit verteilte, musste jetzt zu einem Einsatz auf eine einsame Insel fahren. Ausgerechnet er. Doch er hatte keine Wahl. Seine beiden Lieutenants waren schon unterwegs und konnten ihre Aufgaben nicht abbrechen, die Policeman waren alle nicht geeignet, sein Vertreter, Captain Purinamut war nicht zum Dienst erschienen, hatte sich krank gemeldet und die Meldung die herein gekommen war, die ließ keinen Aufschub zu.

„Mysteriöser Tod im Tempel, Leiche verschwunden."

Er hatte zweimal nachgefragt aber die Antworten machten ihn nicht schlauer. Zwei Policeman waren gestern schon auf die Insel geeilt. Viel vorgefunden hatten sie nicht. Nun wartete man auf seine Ankunft, wartete auf weitere Anweisungen.

 Kitichais Arbeit bestand sonst hauptsächlich aus dem Verteilen der anfallenden Arbeit, der Beaufsichtigung seiner Leute und, und das vor Allem, aus der unbürokratischen und schnellen Beseitigung von Problemen aller Art. Wer ein Problem hatte kam zu ihm. Schilderte die Sachlage und gemeinsam überlegte man wie die Sache aus der Welt zu schaffen sei. Je nach Größe des Problems entstanden dann natürlich auch gewisse Kosten die es zu erstatten galt. Man kannte ihn, man kannte sich und so war es die natürlichste Sache der Welt. Von dem Gehalt das einem der Staat zahlte konnte ohnehin keiner leben, vom Policeman angefangen bis zum Police-General. Das war mehr eine Anwesenheitsprämie. Jeder wusste das und richtete sich danach. Wer nicht über entsprechende Mittel verfügte war leider etwas schlechter dran als die Begüterten. Recht ist dehnbar, letztlich auch kaufbar, so ist das Leben eben.

Jetzt jedoch stolperte er die lange Pier entlang, zu Fuß, fahren war nicht möglich. Findige oder hinterlistige Planer hatten vier Stufen vor die Pier gelegt, die konnte auch kein

Motobike überwinden. Wenn er sonst zum Einsatz fuhr, dann mit heulender Sirene. Machte mehr Eindruck. Er war schließlich Polizeimajor.

Die Pier war wirklich entsetzlich lang. Früher war sie aus Holz. Da nie genutzt, ziemlich verfallen. Den Rest besorgte der Tsunami. Damit hatte die Gemeinde natürlich Anspruch auf eine neue Pier. Die wurde fast doppelt so lang, letztlich ist das Wasser hier ziemlich flach, und, sie wurde aus stabilem Stahlbeton erbaut, mit Geländern aus rostfreiem Stahl. Ein teures Schmuckstück. Teuer hieß aber auch immer, das die, nun ja, sagen wir Nebenkosten, entsprechend steigen würden. Deshalb war Kosten sparende Planung eher hinderlich für alle Beteiligten. Das Ergebnis war, auch diese Pier nutzte keiner. Die Fischerboote lagen in der Nähe vor Anker, konnten so am Morgen ihren Fang gleich am Strand anlanden, dort wo ihre Verkaufsstände lagen. Und die Longtails, die Boote mit den dröhnend lauten alten Lkw-Motoren und dem Propeller am lange Ausleger, die fuhren auch an den Strand, ließen ihre Gäste durch das kniehohe Wasser waten um sie dann mehr oder weniger elegant an Bord zu schubsen. Nein, außer Spaziergängern am Abend und ein paar Anglern, die sich bemühten auch noch die letzten Fische aus dem Meer zu locken, gab es für die Pier keine Verwendung. Heute jedoch lag ganz am Ende, dort wo die Stufen bis ins Wasser führten ein schmuckes Motorboot, das herausfordernd sein rotes Blinklicht kreisen ließ.

Der Mayor schnaufte, es war fast Mittag und entsprechend heiß. Er trug seine Uniform, eine Uniform die nicht unbedingt auf die Tropen zugeschnitten war. Schwarzes Tuch, hochgeschlossen. Die Designer hatten sie sicherlich nie getragen, wussten nicht was sie den Beamten damit zumuteten.

Der Bootsführer salutierte, Kitichai und sein Assistent sprangen ins Boot, das sich sogleich mit aufheulenden Außenbordern auf den Weg machte. Das Wasser war glatt, somit kein großes Problem um mächtig Speed zu machen. Man war ja in amtlichem Auftrag unterwegs. Das unterstrich der Bootsführer auch noch mit der unentwegt heulenden Sirene. Um die Halbinsel herum, schon sah man in der Ferne die Umrissen der Insel Kho Kaeo und bald darauf auch ihre leuchtend goldene Buddhastatue.

Der Bootsführer drosselte die Motoren und sanft knirschend schob sich der Bug des Schiffes auf den weißen Sand. Der Police-Major stand vorn im Bug, starrte auf den Strand. Hier gab es keine Landungspier. Kitichai zögerte, sollte er? Sollte er so einfach dynamisch ins Wasser springen, mit Stiefeln und Uniform? Die beiden an Land wartenden Policeman salutierten. Was bei ihren hochgekrempelten Uniformhosen und barfuß etwas lächerlich aussah. Kitichai bemerkte sie kaum. Doch einer der beiden Polizisten erkannte die Situation blitzschnell, watete ins knietiefe Wasser und bot seinem Chef an auf seine Schultern zu steigen. Der ergriff die Chance ohne Zögern, stieg auf die Schultern des Policeman und ließ sich ans Ufer tragen. Dieser kniete dort nieder damit der Major bequem absteigen konnte. Alle Herumstehenden schauten schweigend zu.

Um die Situation zu retten schnauzte er gleich seinen Retter an:

„Wo ist denn nun der Tatort"?

Policeman Comtchai sprang in seine Stiefel und deutete seinem Chef ihm zu folgen. Ein kurzer steiler Anstieg und schon standen sie vor der verschlossenen Tempelhalle.

Verschlossen ist nicht ganz richtig, Schlösser gab es auf der ganzen Insel nicht. Jeder konnte jederzeit alle Räume betreten. Hier jedoch hatten die Policemen gestern die Halle als geschlossen erklärt, die Türen zugemacht und daran hielten sich auch alle. Abt Suriban erwartete den Major vor dem Eingang.

Kitichai hatte für die buddhistischen Gepflogenheiten wenig Sinn, überließ es mehr den Frauen. Hier jedoch begrüßte er den Abt ehrerbietig mit zusammen gelegten Händen. Er hatte schon auf der Polizeischule gelernt dass man bei Mönchen vorsichtig sein musste. Besonders bei alten Mönche, die schon zu Lebzeiten als Heilige galten. Sie verfügten mitunter über Fähigkeiten und Kräfte, von denen niemand sonst wusste. Die sollte man nicht provozieren.

Er schritt forsch in den Raum, ohne sich der Schuhe zu entledigen wie es die Sitte gebot. Er war im Dienst, da war es erlaubt. Die Policeman sahen es und beschlossen auch dienstlich auf zu treten. Gestern hatte sie ihre Stiefel noch ausgezogen. Doch wenn der Chef es nicht tat, warum dann sie.

Am Tatort in der Halle, wenn man ihn überhaupt so bezeichnen konnte, gab es wenig zu sehen. Ein Bündel Kleidung auf dem Boden und sonst? Nichts!

„Wo ist der feuchte Fleck", fragte er forsch.

Der Abt und auch die Policemen zuckten mit den Schultern.

„Er ist weg"

"Wieso weg, er kann sich doch nicht spurlos aufgelöst haben".

Wieder Schulterzucken und Schweigen.

„Er kam dort aus der Ecke des Podestes?"

„ Ja genau von dort", antwortete der eine Policeman.

„So haben es die Zeugen gesagt."

„Gut, dann müssen wir unter das Podest schauen", sagte Kitichai.

„Hebt es mal hoch".

Abt Suriban wies einen neben ihm stehenden Mönch an das Podest von den darauf befindlichen Sachen zu räumen. Mönch Subtoi trug die Vasen, Schüsseln, Leuchten, Gemälde, Kissen, Teppiche und vieles mehr sorgfältig zu einem anderen Platz in der Halle. Dann hoben er und die Policemen eine Ecke des hölzernen Podestes an und stellten eine herumstehende Getränkekiste darunter. So konnten alle Beteiligten mit dem Licht einen Taschenlampe unter das Podest schauen. Zu sehen gab es? Nichts. Etwas Staub, aber sonst? Absolut nichts.

Der Major zog sich Plastikhandschuhe an, fingerte nach seinem Taschenmesser und hob damit das Shirt vom Boden hoch. Man konnte bei dieser Sache nicht vorsichtig genug sein. Aber auch hier keine Besonderheiten.

Sein Assistent hielt schon eine Plastiktüte bereit.

„Ab damit ins Labor", befahl der Major und langte nach den Jeans. An denen war ein schwarzer Gürtel mit einer kleinen Tasche befestigt.

„Aha," sagte er,

„ein Mobile, dann werden wir ja ganz schnell den Eigentümer feststellen können. Hier kannte ihn ja anscheinend niemand. Soll auch das Labor machen."

Ab damit in eine weitere Plastiktüte.

Nun lag nur noch eine goldene Halskette und ein Uhr auf dem Fliesenboden. Eine goldene Halskette von einigem Gewicht, wie die Taschenmesserwaage in der Hand des Majors feststellte und eine goldene Uhr. Zumindest sah sie golden aus, so in Richtung Rolex, auch die Diamanten fehlten nicht. Nun ja, hat man hier im Lande gerne, macht halt Eindruck. Echt nur in den seltensten Fällen.

„Wo sind die Zeugenaussagen?"

„Wir haben einige Leute befragt. Jetzt sind sie allerdings wieder in ihren Häusern. Sie konnten ja nicht hierbleiben," sagte Comtchai.

„Es waren auch Frauen darunter", setzte er leise hinzu.

„Wir sollten gleich wenn wir wieder zurück sind die Leute noch einmal befragen".

Der Major knurrte unwillig.

„Was haben die Leute gesagt, wie sah er aus?"

„Er war sehr groß, war Asiate, hatte kurze graue Haare und ein energisches Gesicht, wie man sich mehrfach erinnerte. Alter so zwischen fünfundvierzig und fünfzig. Aber gesehen hatte ihn vorher noch keiner. Insofern wissen wir auch nicht woher er kommt."

„Was hast du gesehen?" wandte er sich an den Abt.

„Ich? Nichts. Ich hatte die ganze Zeit die Augen geschlossen, hab sie erst aufgemacht als die Leute laut wurden. Aber da lag nur das Kleiderbündel auf dem Boden, so wie jetzt."

Der Mönch Subtoi hörte es mit Erstaunen. Er hatte am Rande der Halle gesessen, hatte somit den Abt, die Gläubiger und die Pfütze direkt im Blick. Er hatte genau gesehen dass der Abt ganz kurz geblinzelt hatte als der Unbekannte hinfiel, da war er sich ganz sicher. Warum verschwieg er das? Subtoi beschloss daher auch nichts gesehen zu haben.

Auf der Rückfahrt im Boot wandte sich Kitichai an seinen Assistenten.

„Was hältst du von der Sache? Ich hab erst kürzlich gedacht nach fünfzehn Jahren Dienst bei der Polizei ist alles
nur noch Routine. Und nun so was."

Assistent Petchup blickte erstaunt auf. So hatte er seinen
Chef noch nie reden hören. Er tat doch sonst immer so als
wenn er den absoluten Überblick hätte.

„Ja," antwortete er gedehnt,

„ich denke gerade, dass was wir eben gesehen und gehört
haben, das gibt es doch gar nicht."

„Du meinst", lachte Kitichai,

„was es nicht gibt können wir eigentlich auch nicht gesehen haben. Insofern legen wir die Sache einfach zu den Akten. Kann uns ja keiner einen Vorwurf machen. Was es
nicht gibt brauchen wir nicht zu bearbeiten. Oder?"

„Ja, so ähnlich wie die Tatsache dass es keine Salings gibt,
diese dreirädrigen Motorräder. Sie sind nicht zugelassen,
es gibt keine Vorschriften darüber und so schraubt und
schweißt sie jeder nach Belieben zusammen. Die Polizei
übersieht sie einfach. Was es nicht gibt sehen wir nicht.
Aber wenn wir diese Dreiradmotobikes verbieten würden
bräche hier bei uns die Wirtschaft zusammen."

„Diese Geschichte aus dem Wat wird uns vorauseilen,"
sagte Kitichai,

„Vermutlich weiß die ganze Gegend schon davon. So einfach können wir es uns leider nicht machen. Wie machen
wir weiter, was schlägst du vor?"

Noch eine Überraschung für Petchup, sein Chef fragte ihn
wie man weitermachen solle. Lag das auch an dem geheimnisvollen Geschehen?

„Erste Aufgabe ist es den Mann zu identifizieren. Dazu
brauchen wir die Untersuchungen aus dem Labor. Ich habe
allerdings Zweifel ob sie uns weiterbringen. Das Mobile

könnte wertvolle Informationen beinhalten. Die Zeugen zu befragen halte ich für wenig ergiebig. Die sind wohl alle noch geschockt. Auch meine ich, wir brauchen die Spurensicherung nicht zum Wat zu schicken. Da finden sie garantiert nichts. Wenn, dann eher in der Kleidung."

„Stimmt genau" antwortete der Major,

„bin ich ganz deiner Meinung. Also schnell wieder ins Office."

Es war schon später Nachmittag als sie wieder im Office waren. Der Verkehr war wie immer um diese Zeit katastrophal. Selbst die Sirene des Polizeiautos brachte nicht viel. Wenn die Straße voll ist ist sie halt voll.

Petchup brachte die Sachen ins Labor.

„Bitte schnell, es eilt."

Die Laborantin nickte gelangweilt:

„Klar, wie immer. Morgen ab Mittag kann ich was sagen."

„Chef, die Laborergebnisse sind da."

Der Assistent stand in der Tür des Büros vom Major.

„Nun," sagte der und blickte auf,

„interessant?"

„Wie man`s nimmt. In der Kleidung waren chemisch nur Waschmittelreste nach zu weisen. Von der roten Flüssigkeit keine Spur, nicht mal eine Andeutung. Hatten wir ja schon vermutete. Eine interessante Sache gibt es jedoch."

Kitichais Gesicht wurde aufmerksam.

„Ja, in der Gesäßtasche der Jeans war ein kleines Briefchen mit Heroin. Sehr klein zwar aber immerhin.

Könnte uns weiterbringen. Das Mobile allerdings ist ein völliger Fehlschlag. Keinerlei Aufzeichnungen drin enthalten. So als wenn es nie benutzt wurde. Die Simkarte zeigt allerdings an dass etwas vom Depot verbraucht wurde. Es wurde also damit telefoniert. Jemand muss den Speicher gelöscht haben. Und noch was, auf dem Mobile sind Fingerabdrücke. Die sind bei uns aber nicht registriert. Immerhin, eine allererste Spur das es die Person überhaupt gibt, beziehungsweise gegeben hat."

„Nur sie bringt uns nicht weiter", sagte Kitichai.

„Im Augenblick können wir nichts tun. Leg die Sache weg aber nicht zu weit."

Damit entließ er seinen Assistenten, stand auf, schloss die Tür seines Büros, setzte sich wieder, öffnete die Schreibtischschublade mit einem Schlüssel und entnahm ihr ein kleines schmales Heft in das er die Telefonnummern eintrug, die nur für seinen Privatgebrauch bestimmt waren. Ausschließlich für den Privatgebrauch. Sein Mobile war ihm dafür nicht sicher genug.

Er blätterte es langsam durch, wieder zurück, konnte sich nicht recht entscheiden. Dann griff er entschlossen zum Telefonhörer und wählte.

„Hallo Lung," begann er das Gespräch,

„hier ist Kitichai. Wie geht's?"

„Hallo Mayor", antwortete dieser,

„gut geht's mir. Ich hoffe du rufst nicht dienstlich bei mir an. Denn dann geht's mir meistens wieder schlecht".

„Keine Sorge, dienstlich schon, geht aber nicht um dich und deine Geschäfte, brauche nur mal wieder eine Auskunft."

„Wie meistens", lachte der als Lung angesprochene.

„Aber man hilft sich ja gerne gegenseitig. Ist zum beiderseitigen Vorteil. Du hast mir vor kurzem auch ein Problem vom Hals geschafft. Nun mal los, was möchtest du wissen?"

„Wir haben da so einen merkwürdigen Fall auf Kho Kaeo."

„Ach den meinst du, hab davon gehört. Keiner weiß wer der Typ ist, oder?"

„So ist es, wir wissen absolut nichts von ihm oder über ihn. Aber er hatte in seiner Hosentasche ein bisschen Heroin. Frage, kennst du ihn? Asiate, ziemlich groß, energisches Gesicht, kurze graue Haare. Nicht sehr ergiebig die Beschreibung. Ist aber alles was wir haben."

„Trifft präzise auf mindestens tausend Leute zu. Aber Spaß beiseite, wenn der aus der Branche ist, müsste ich oder meine Kollegen ihn kennen. Werde mal nachforschen ob jemand vermisst wird und mich wieder melden."

„Chef!"

Assistent Petchup lehnte im Türrahmen zu Kitichais Büro.

„Chef, wir haben ihn."

Kitichai sah auf:

„Wen?"

„Na, den Unbekannten von Kho Kaeo."

„Wie habt ihr ihn raus gefunden?"

„Anwohner hatten sich bei der Polizei beschwert, dass seit Tagen ein Pkw auf ihrem Grundstück parkt. Zum Tag der offenen Tür auf Ko Kaeo hatten sie es geduldet da die Parkverhältnisse am Strand ja sehr beengt sind, nun wollen sie die Fläche aber wieder selbst nutzen. Die Kollegen fanden den Wagen unverschlossen vor, im Handschuhfach lag aber ein passender Schlüssel. Und noch etwas lag dort, etwas versteckt weiter hinten, fünf kleine Briefchen mit einen weißen Pulver als Inhalt. Da haben sie die Wagentür wieder zugemacht und uns verständigt."

„Manchmal haben auch wir gute Leute", grinste Kitichai.

„Und weiter?"

„Wir haben den Wagen zu uns auf den Hof bringen lassen und ihn auf Spuren untersucht. Fanden dabei die gleichen Fingerabdrücke wie auf dem Mobile des Unbekannten. Der Wagen ist auf eine Frau von hier zugelassen. Ich bin gleich hingefahren. Konnte dich leider nicht erreichen und vorher informieren."

„Schon gut," sagte der Major,

„Ich war zur Besprechung beim hohen Boss."

„Die Adresse war eine große noble Villa, mit allem Drum und Dran. Mit Pool, Meerblick, großer Garage, Park, Haus für Angestellte. So wie man auch gerne wohnen möchte. Die Frau sagte sie wäre nur die Haushälterin, der Wagen wäre auf sie zugelassen, würde aber fast ausschließlich von ihrem Boss genutzt. Sie hätte sich schon gewundert dass er nicht wieder aufgetaucht wäre. Er ist von Myanmar, daher auch nicht in unseren Akten. Sein Name ist Thanon Tserash. Womit er sein Geld verdient, und das scheint nicht wenig zu sein, wusste sie nicht, angeblich. Im Übrigen war sie sehr attraktiv, teuer gekleidet und machte partout nicht den Eindruck einer Haushälterin.

Was ist jetzt zu tun? Sollten und können wir sein Haus durchsuchen? Haben wir einen Grund vorzuweisen? Ok, der Koks wäre einer."

„Ja, wäre ein Grund, obwohl die geringe Menge eher auf Selbstverbrauch hindeutet. Einen Urintest können wir bei ihm ja leider nicht mehr machen.

Wir müssen die Behörden in Myanmar unterrichten und gleichzeitig um Informationen bitten Obwohl es sicher nicht sehr schnell geht, wenn überhaupt was kommt. Die Beziehungen unserer beiden Länder sind auf diesem Gebiet durchaus verbesserungsfähig. Mach vorläufig keine große Aktion draus aber lass die Frau beobachten. Wahr scheinlich, und da stimme ich dir zu, weiß sie viel mehr als sie zugibt."

3. Bo und Thanon

„Thanon, kannst du mir mal helfen"!
Bo stand in der Mitte des Raumes, bepackt mit einer Unmenge von Styroporschachtel. Selbst unter die Arme hatte sie noch welche geklemmt. Aber gerade die fingen an zu rutschen und drohten auf den Boden zu fallen. Thanon kam auch gleich herbeigeeilt um sie aus der prekären Lage zu befreien.
„Danke", lächelte sie ihn an.
„Wäre dumm gewesen wenn die zerbrochen wären. Dann wäre die ganze Entwicklungsarbeit von einigen Wochen für die Katz gewesen." Sie stellte alles auf den Labortisch und rieb sich die Hände.
Thanon war erst seit einigen Wochen in der Firma. Bo hatte ihn schon eine ganze Weile beobachtet. Er sah gut aus, „handsome" wie man hier unter den Frauen zu sagen pflegte. Anscheinend auch solo, zumindest soweit sie in Erfahrung bringen konnte. Sie war schon eine ganze Weile auf der Suche nach einem passenden Partner aber die viele Arbeit hier ließen ihr wenig Zeit für private Dinge. Ihre bisherigen zaghaften Annäherungsversuche hatte er überse-

hen. Und bevor jemand anderes ihr zuvor kam, nun etwas drastischer.

„Du arbeitest jetzt auch hier in der Entwicklungsabteilung?" ihr Gesprächsversuch.

„Ja, ich bin ja noch neu hier und muss erst mal sehen was für mich das geeignetste Arbeitsfeld ist," antwortete Thanon,

„das Arbeitsklima ist hier jedenfalls ganz gut."

„Wird dir gefallen", sagte Bo,

„wenn du Hilfe brauchst, frag mich nur."

So ging das Gespräch noch eine Weile hin und her. Auch am nächstem Tag fanden sie mehr oder weniger zufällig Gelegenheit zum Plaudern, verbrachten die Mittagszeiten zusammen und beschlossen irgendwann doch am Abend gemeinsam Essen zu gehen. Ein italienisches Restaurant sollte es sein. Bo hatte davon gehört, alle Freundinnen schwärmten davon. Sie selbst hatte keine rechte Vorstellung von italienischem Essen, ließ es sich aber nicht anmerken. Von Pizza und Spaghetti, klar hatte sie schon gehört und auch schon gegessen aber sonst? Ravioli, Risotto di Mare, Prosciuto? Nie gehört. Thanon gab sich weltmännisch und so überließ sie ihm die Auswahl. Dazu natürlich Rotwein. Der kam aus Chile aber was soll's, auf jedenfalls wesentlich preiswerter als italienischer. Danach noch Icecream und einige Gläser Shewe Leimaw. Der Orangenlikör lockerte die Stimmung noch weiter auf und so kam natürlich die Frage aller Fragen, als man wieder auf der Straße stand, gehen wir zu dir oder gehen wir zu mir auf einen Kaffee? Bo hatte ein kleines Appartement, Thanon lebte mit einem Freund zusammen in einem Zimmer. Daher war diese Frage schnell geklärt.

Bo war zwar Thailänderin, lebt und arbeitet aber schon seit zwei Jahren in einem Betrieb im Burma, etwas außerhalb von Yangoon. Sie stellten Naturheilmittel und Naturkosmetika her. Sie hat sich zur Entwicklungsabteilung hochgearbeitet und forschte nun an neuen Produkten. Sie hatte sogar einige Semester Pharmazeutik studiert, dieses Studium jedoch abgebrochen da ihr Geldverdienen durch Jobben damals wichtiger war. Nun denn, sie hatte eine ganz gute Anstellung.

Bei Thanon sah die sah die Sache anders aus. Er hatte vom ganzen Metier keine Ahnung. Wenn man von seinen Kenntnissen über Drogen absah. Da jedoch auch weniger über die Herstellung als über den Vertrieb. Genauer gesagt, den illegalen Handel mit Drogen aller Art. Was man auch begehrte, ob Heroin, Kokain, Opium, LSD, XTC, Ecstasy oder Jaba, Thanon lieferte prompt und zu dem marktüblichen Preisen. Das brachte, so nebenbei, ganz anständige Gewinne. Aber in letzter Zeit war ihm das Geschäft doch zu heiß geworden. Nicht das es keine Abnehmer mehr gab, nein im Gegenteil aber das Problem war, das der Drogenhandel nahezu komplett in die Hände der regierenden Militärjunta über gegangen war. Und die war nicht gerade zimperlich wenn ihnen jemand ein Geschäft weg nahm. So war er ganz froh mal einige Zeit untertauchen zu können und der Job den ihn ein Freund besorgt hatte, der kam ihm da gerade recht. Nun ja, das Gehalt konnte man vergessen aber da hatte er ja noch einige Rücklagen aus besseren Zeiten.

Irgendwann, Thanon war längst bei Bo eingezogen, nutzten sie einen der wenigen freien Tage und fuhren in die Stadt, aßen im Royal Garden, dem großen chinesischen

Restaurant am Ufer des Lake Kandawgyi. Anschließend schlenderten sie die Promenade entlang. Es war ein schöner Tag, zwar schwül wie fast immer in Yangoon aber im Schatten unter den weit ausladenden Bäumen war es ganz angenehm. Auch der leichte Windhauch vom See her kühlte die Luft etwas ab. In ihrem Blickfeld der Hügel mit der großen Shwedagon Pagode. Deren goldene Stupa leuchtete in der Sonne.

Nach einer ganzen Weile sagte Bo:

„Weißt du, wir machen eine gute Arbeit, wir verdienen auch nicht schlecht, aber das ganz dicke Geld macht nur unser Boss, beziehungsweise wir erarbeiten es für ihn. Er hat sich gerade ein neues Grundstück gekauft. Das alte war schon toll aber dieses! Hab die Pläne gesehen für seine Villa nein, eigentlich schon mehr ein Palast. Einfach toll, so möchte ich auch mal wohnen. Schatz, wir müssen endlich anfangen richtig Geld zu verdienen. So einen Betrieb aufziehen könnten wir doch auch. Viel Fachwissen gehört nicht dazu. Es wird doch alles nur zusammen gerührt oder gemischt. Man braucht auch nur wenig technische Geräte dazu. Mischen, verpacken, verkaufen, das ist alles."

Thanon schwieg eine ganze Weile.

„Stimmt sicher aber dazu braucht man erst mal Räume, dann Geräte, dann Personal und als Erstes die verschiedenen Rezepturen. Ohne die geht gar nichts."

„Ja," entgegnete Bo,

„Rezepturen sind das A und O. Ich arbeite in der Forschungsabteilung, habe also Zugang zu den Produktionsakten. „

„Die wird man dir wohl kaum geben."

„Nein, freiwillig sicher nicht. Aber ich bin ja nicht blöd. Die meisten Sachen hab ich in den letzten Monaten schon kopiert und verwahrt. Ebenso die Adressen der Zulieferer. Das Problem wäre also schon gelöst."

„Du hast die Unterlagen kopiert? Wozu?"

„Anfangs dachte ich es wäre gut wenn ich etwas in der Hand hätte um mich notfalls gegen unberechtigte Anschuldigungen, Kündigungen oder so, zu wehren. Könnte sagen, ich hab hier was in der Hand gegen euch und wenn ihr Ärger macht, mach ich euch auch Ärger. Nach und nach kam die Idee irgendwann eine eigene Firma auf zu machen. Dann tauchtest du auf. Du bist als Partner ideal, also sind wir nun komplett um zu starten".

„Danke für das Kompliment. Kommt ein bisschen plötzlich dein Vorschlag. Wolltest du morgen schon anfangen?"

„Auch Quatsch, ich weiß auch das wir dafür Zeit brauchen aber wir sollten darüber nachdenken und uns umschauen. Und wir brauchen Startkapital."

Dabei sah sie ihm von der Seite an. Thanon reagierte nicht obwohl er den Wink wohl verstanden hatte. So schnell wollte er seine Ersparnisse nicht in ihre Idee investieren. Andererseits war sie nicht uninteressant.

„Hier in Yangoon geht es nicht." befand er.

„Zu schnell werden die uns auf die Schliche kommen und dann wird auch der Boss nicht zimperlich sein um die angehende Konkurrenz zu beseitigen. Außerdem kannst du hier in Myanmar keine Firma gründen, du bist Thailänderin. Und ich? Weißt du ob ich nicht auf irgend welchen Listen stehe, zur Fahndung ausgeschrieben bin? Hab schließlich längere Zeit hier Geschäfte gemacht die nicht so ganz legal waren. Wenn, dann müssen wir das in Thailand machen und du eröffnest den Betrieb. Dürfte keine Probleme geben."

„Ok, können wir machen. Um Startkapital zu bekommen hab ich auch schon eine Idee. Wir kamen kürzlich unter den Kolleginnen auf das Thailändische Wunderöl zu sprechen. Kennst du das?"

Thanon schüttelte den Kopf.

„Das ist ein Öl mit dem man schlimme Krankheiten heilen kann, auch Krankheiten bei denen kein Arzt mehr helfen kann. Und außerdem kann man damit auch Leute psychisch beeinflussen. Kann bewirken das einem jemand zu Willen ist. Wenn ein Chef seine Leute damit einreibt, arbeiten die bis zum Umfallen oder wenn eine Frau ihren Auserwählten damit behandelt, dann entflammt der in heißer Liebe zu ihr. Kann sich nicht dagegen wehren."

Sie lachte leise vor sich hin:

„Weißt du ob ich dich nicht auch damit behandelt habe?"

Sie sprang ein paar Schritte vor um aus Thanons Reichweite zu kommen. Er lief ihr nach, ergriff sie, drückte sie an sich und sagte:

„Und wenn es so wäre dann hätte ich es bis heute nicht bereut."

„Oh, danke. Aber mal ganz ernsthaft. So eine kleine Ampulle kostet bis zu einer Million Baht. Ich weiß auch wie man es herstellen kann. Gar nicht schwierig, kann ich auch. Das Problem ist die Beschaffung des Rohmaterials. Wir brauchen dazu einen Kasten von etwa dreißig Zentimeter Breite und Höhe sowie sechzig Zentimeter Länge, den man luftdicht verschließen kann. Dann brauchen wir einen Raum der möglichst abgelegen ist da bei der Produktion unangenehme Gerüche entstehen und wir brauchen eine Möglichkeit den Kasten zu erhitzen. Ja und dann brauchen wir für jede Ampulle ein totgeborenes Kind."

„Was sagst du da?"

Thanon schreckte auf und blieb stehen.

„Was brauchen wir?" fragte er noch einmal.

„Ja wir brauchen als Rohmaterial jeweils ein totgeborenes Kind. Das wird für neun Tage in den Kasten gelegt und dann erhitzt. Aus dem Kinn tropft dann das wundersame Öl und wir fangen es auf. Das ist Alles."

„Und woher nehmen?" fragte Thanon leicht ironisch.

„im Seven-Eleven gibt's die nicht unbedingt."

„Natürlich nicht aber du hast doch genügend Kontakte. In Kliniken muss es welche geben und auch bei den Mönchen die die Körper verbrennen sollen, könnte man vorsprechen. Denkt doch, pro Ampulle eine Million Baht. Da kann man auch kleine Prämien zahlen. Das lohnt sich allemal."

„Ist das nicht reichlich unappetitlich?", fragte Thanon angewidert.

„Und angenehm riechen wird es auch nicht gerade."

„Da hab ich schon schlimmere Sachen mache müssen, und du sollst ja nur die Dinge beschaffen, den Rest mach ich schon. Und über einen passenden Raum kannst du nachdenken. Das dürfte ja nicht so schwer sein. Und überleg mal, auf diese Weise kriegen wir das Kapital für unsere neue Firma ziemlich schnell zusammen."

Thanon nickte stumm. Ihm gefiel die Sache nicht aber wenn Bo sich was in den Kopf gesetzt hatte, dann würde sie so schnell nicht nachgeben. Das hatte er schon gelernt. Nun gut, einen Raum zu finden war sicherlich kein Problem. Er hatte genug verschwiegene Räume für seine Waren gehabt. Davon würde sich sicher der eine oder andere eignen. Aber Totgeborene zu finden war eine andere Sache. Nachdenklich gingen sie weiter. Ihre ursprüngliche Idee die Pagode zu besuchen gaben sie auf als sie die endlose

Kolonne der Busse sahen, die am Visitercenter vorfuhren. Später einmal.

Nach einer Woche, Bo hatte ihn penetrant daran erinnert seine Kontakte zu nutzen um Material für die Ölproduktion zu bekommen, rief er einen seiner alten Kunden im International Hospital an. Betonte gleich am Anfang des Gesprächs dass er nun einen seriösen Job in der Pharmazie hätte. Dort brauchte man für Tests mit neuen Medikamenten ab und zu totgeborene Kinder. Ob er nicht wüsste wie und wo man daran kommen könnte. Ok, es gäbe die offizielle Möglichkeit aber, er wisse ja selbst, mühsam und langatmig. Also finanziell könnte man sich sicher auch einigen, das wäre kein Problem. Sein alter Kunde bat sich Bedenkzeit aus. Immerhin, er hatte nicht gleich abgelehnt.

Bo hatte sich inzwischen vom Tischler ihrer Firma einen Kasten anfertigen lassen. Ausgestattet mit einem Deckel mit Gummilippen um ihn dicht verschließen zu können und innen mit Blech ausgeschlagen, zwecks besserer Reinigung.

„Jetzt brauchen wir noch ein Auto," sagte sie als Thanon von seinem Gespräch berichtete.

„Im Plastikbeutel auf dem Motobike können wir das Material wohl kaum befördern. Ein Auto mit einer Ladefläche muss es sein. So etwa wie der Hilux von Toyota. Im Kofferraum eines normalen Pkws geht es nicht, riecht zu stark. Kümmere dich mal drum."

Thanon kümmerte sich. Auch einen verschwiegenen Platz hatte er gefunden. Unter am Flussufer, dort wo so viele verlassene Fischerhütten standen, dort hatte er mal eine Hütte gekauft. Die war sicher noch da.

An einem freien Tag beluden sie den Pick-Up. Getreu seinem Motto nur nicht auffallen, hatte er einen gebrauchten Wagen gekauft. Er hätte sich einen Neuwagen problemlos leisten können, aber bei seinem schmalen Gehalt wäre es den Kollegen sicher aufgefallen und man hätte sich oder auch ihn gefragt woher das Geld stammt. Nein, keinen Anlass für Mutmaßungen geben. Sie luden etwas Werkzeug, eine Gasflasche und einen Gasbrenner auf und machten sich auf den Weg an den Fluss. Die Hütte war noch ganz in Ordnung, etwas verstaubt aber sonst brauchbar. Die angrenzenden Gebäude sahen sehr verlassen aus. Gefischt wurde hier schon lange nicht mehr, der Fluss gab hier in der Stadt nichts mehr her.

„Ganz idyllisch," meinte Bo,

„könnte man glatt als Wochenendhaus nutzen."

Sie tauschten die Schlösser aus, fegten den Staub der letzten Monate zur Tür hinaus, installierten den Brenner mit der Gasflasche und hängten die Fenster zu.

„Nun könnte sich dein Informant mal melden," sagte Bo,

„kannst du ihn nicht noch mal anrufen?"

„Nein, auf keinen Fall" antwortete Thanon,

„wenn er was für mich hat wird er sich schon melden."

Und richtig, es verging kaum eine Woche als der anrief,

„Ich hab hier eine Ware für dich. Ganz frisch. Leider will mein Lieferant noch eine Kleinigkeit für seine Auslagen erstattet haben. Also 100 USD müssten es schon sein."

Wie abgesprochen fuhr Thanon zur Lunchzeit ins Hospital, parkte den Wagen an der abgemachten Stelle. Der Kasten war auf der Ladefläche. Dann ging er in die Cafeteria und wartete. Sein Bekannter kam kurz darauf, nickte, bekam die 100 USD und Thanon stieg wieder in seinen Wagen ohne sich weiter um die Fracht zu kümmern. Die brachte er in die Fischerhütte, kam zurück und gab Bo wortlos die Fahrzeugschlüssel.

Die fuhr nach Feierabend kurz zum Fluss.

„Alles Ok," sagte sie nur als sie zurückkam.

„In neun Tagen mache ich das erste Öl. Ich weiß auch schon an wen ich es verkaufe."

Am nächsten Tag brachte sie Laborkittel und weiteres Zubehör mit nach Hause.

Nach weiteren acht Tagen verließ sie die Wohnung schon früh am Morgen. Sie hatte sich einen Tag frei genommen.

Am späten Nachmittag war sie zurück und zeigte Thanon triumphierend eine kleine Ampulle mit einer gelblichen Flüssigkeit.

„Mein Gold," strahlte sie.

Thanon grummelte etwas und sagte dann:

„Du riechst, um nicht zu sagen du stinkst."

„Ja ich weiß, beim nächsten Mal ziehe ich Schutzkleidung an. Außerdem werde ich einen weiteren Kasten in Auftrag geben. Sieh mal zu dass wir neues Rohmaterial bekommen. Und ein Problem müssen wir noch lösen, wo bleiben mit den Resten. Diesmal hab ich es in den Fluss geschoben aber das geht auf die Dauer nicht. Denk mal nach."

Thanon dachte nach und forschte nach. Er besuchte die Krankenhäuser im Stadtgebiet. Nur das war nicht so ganz einfach. Sehr schnell tauchte bei den Gesprächen die Frage auf für welche Firma er arbeitete. Da half dann letztlich nur die Betonung auf Regierungsauftrag und Geheimhaltung. Immerhin waren einige Mitarbeiter durchaus interessiert wenn er mit Dollarnoten winkte und so waren seine Bemühungen nicht erfolglos. Bo hatte daher, neben ihrer regulären Arbeit, genug zu tun und das Firmengründungskonto wuchs langsam aber stetig.

Weit aus interessanter entwickelten sich die Kontakte zu den Klöstern. Einmal gab es hier keine Buchführung und zum Anderen vertraute man den Mönchen. Krankenhäuser, Kliniken und Arztpraxen übergaben ihnen die Körper ohne weitere Nachfragen, damit die sie verbrennen konnten. Waren froh sie so entsorgen zu können, ohne bürokratische Hindernisse. Thanon machte den Mönchen klar, dass er die Körper ja nur für zehn Tage ausleihen würde, danach brachte er sie unbeschädigt zurück und die Mönche konnten sie nach buddhistischem Ritus verbrennen. Für das jeweilige Kloster bedeutete das auch jedes mal eine interessante Spende. Für Thanon gleichzeitig den Vorteil dass er die Körper nach der Prozedur auf elegante Weise wieder los wurde.

Nach buddhistischer Auffassung waren Totgeborene nur Körper ohne Geist, sie konnten ohne die sonst üblichen Gebete verbrannt werden. Wer nicht geatmet hat, hat keinen Geist in seinem Körper. Daher war es üblich, auch um Kosten zu sparen, die Totgeborenen heimlich mit den erwachsenen Toten zusammen zu verbrennen. So gelangten sie eben gemeinsam in das überirdische Königreich. Konnte doch nicht verkehrt sein.

Das Geschäft entwickelte sich. Thanon kündigte als erster. Er hatte genug damit zu tun die Körper ab zu holen und die bearbeiteten wieder ab zu liefern. War permanent mit dem HiLux unterwegs. Bo bemühte sich weiterhin alle erreichbaren Unterlagen zu kopieren.

4. Umzug nach Thailand

Eines Tages beschloss Thanon nach Thailand zu reisen um seine alten Freunde zu besuchen und um zu sehen ob die Produktion des Öls dort nicht besser möglich wäre. Er nahm nicht den offiziellen Weg über den Grenzübergang. Das war ihm zu riskant. Vielleicht war er doch in irgend welchen Akten vermerkt oder gar zur Fahndung ausgeschrieben. Er fuhr mit dem Wagen in die Nähe von Mai Sot, parkte ihn, ließ sich noch ein Stück mit der Taxe fahren und ging dann zu den dort stationierten Grenzposten, die er aus alter Zeit noch kannte. Damals standen sie auf seiner Gehaltsliste, jetzt war schon einige Zeit Pause. Ein paar Grenzer erkannten ihn, freuten sich darauf das womöglich alte Zeiten wieder auflebten. Nach kurzer Plauderei führten sie ihn auf kleinen Wegen an die Grenze, von wo er schnell wieder eine Straße erreichen konnte. Diesmal eine in Thailand. Noch am gleichen Abend war er in Ranong. Sein Freund und früherer Partner erwartete ihn schon.

„Du willst wieder in das alte Geschäft einsteigen?"
begrüßte Sombat ihn.

„Wird nicht so einfach sein. Die Reviere sind genau abgesteckt und werden argwöhnisch überwacht. Wenn du da einen neuen Verteilerring aufziehst, wird es ziemlichen Ärger geben."

„Nein, nein," beruhigte Thanon ihn,

„das ist mir in Myanmar und auch hier in Thailand zu riskant. Hab keine Lust im Knast zu landen, insbesondere nicht im Bangkok Hilton. Das was wir jetzt machen ist immerhin noch am Rande der Legalität, zumindest nicht ausdrücklich verboten und obendrein wirft es auch mehr ab. Wir wollen eine Firma für Naturheilmedizin aufbauen. Wollen dafür auch Leute einstellen. Mir scheint es hier in Thailand günstiger zu sein. Auch die Beschaffung des Rohmaterials ist einfacher. Was ich jetzt suche ist ein Ort an dem wir problemlos produzieren können. Ein abgelegener Ort, absicherbar und doch leicht erreichbar. Du musst wissen das die Produktion des Öls starke Gerüche verursacht und wir brauchen auch eine Möglichkeit die Reste zu entsorgen."

„Was für ein Öl?" fragte Sombat.

„Du hast doch sicher von dem thailändischen Wunderöl gehört?"

„Ja, ist mit bekannt, halte aber nichts davon."

„Macht nichts, du sollst es ja auch nicht kaufen sondern verkaufen. Wir habe die Rezeptur dafür, haben es in Myanmar auch schon produziert. Außerdem stellen wir Naturmedizin her, Tees, Tinkturen, Pulver."

Sombat dachte nach.

„Alte Fabrikgebäude wären denkbar, vielleicht die alten Zinnminen. Die sind abgelegen und bieten viel Platz. Oder wie wär´s mit Höhlen? Hier in der Gegend gibt es reichlich davon. Das Kalksteingebirge ist löchrig wie ein Schweizer Käse. Über die Eigentumsverhältnisse weiß ich natürlich nichts aber das lässt sich in Erfahrung bringen."

„Und was sagen wir wozu wir Höhlen brauchen?"

„Wie wär´s mit Pilzzucht? Ist übrigens auch keine schlechte Idee. Die neuen Falangs sind wild auch Champignons und die werden, soweit ich weiß auch in Höhlen angebaut. Wäre auch ein guter Deckmantel."

„Denkbar", sagte Thanon und war schon in der Planung. Hier hätte man auch guten Zugang nach Myanmar, könnte in beiden Ländern Rohmaterial beziehen und auch Öl verkaufen. Den Zoll könnte man vergessen, da hatte er bessere Möglichkeiten.

„Lasst uns das mal genauer untersuchen. Wenn du Lust hast kannst du ja ins Geschäft einsteigen. Wir brauchen jemand der den Laden dann leitet."

In den nächsten Tagen waren sie viel unterwegs. Sombats Toyota Camry erwies sich nicht als das ideale Auto für solche Exkursionen. Auf dem Asphalt äußerst bequem aber sobald sie die festen Straßen verließen war es vorbei. Und um an entsprechende Objekte zu kommen mussten sie oftmals schlechte Weg in Kauf nehmen. So liehen sie sich kurz entschlossen einen Jeep.

Es gab tatsächlich viele Höhlen in der Gegend. Die zugänglich an der Straße gelegenen wurden meist als Lager genutzt, teilweise auch als Tempel. Viele waren zu klein, unzugänglich oder in der Nähe von Siedlungen gelegen. Es war einfach nichts passendes dabei. Sie sollten doch mal zum großen Zahn fahren, riet ihnen ein Wirt in einer Gaststätte. Das wäre ein Felsen der innen hohl wäre.

„Fast wie ein fauler Zahn," setzte er schmunzelnd hinzu. Ein Stück könne man in das Tal hineinfahren, den Rest müssten sie halt laufen.

Sie folgten seinem Ratschlag und seiner Richtungsangabe. Der Fahrweg war katastrophal schlecht. Am alten Steinbruch hörte er auf und ging nur als Pfad weiter. Nach kurzer Wegstrecke sahen sie den Felsen. Tatsächlich, die Beschreibung war nicht schlecht, er sah von weitem wirklich aus wie ein hohler Zahn. Unten eine große Öffnung, weiter oben mehrere kleinere Höhlungen. Karies in fortgeschrittenem Stadium könnte man sagen. Davor eine ebene Fläche.

„Wir müssen den Weg bis hierher verlängern", schnaufte Thanon, völlig außer Atem.

„Lass uns mal reingehen."

Sie betraten eine große Halle von der seitlich weitere Gänge abzweigten. Mit ihren starken Taschenlampen leuchteten sie den Raum aus. An einer Seite entdeckten sie Stufen die anscheinend in die nächste Etage führten. Die Höhle war also schon einmal genutzt worden. Weiter oben sahen sie auch als was. Reste von steinernen Figuren waren zu sehen. Altarähnliche Podeste und in den Stein gehauene Nischen in denen weitere Figuren standen. Es war wohl früher mal ein Tempel oder eine Andachtsstätte gewesen.

Insgesamt waren es vier oder fünf Etagen, teilweise mit Steintreppen verbunden, teilweise auch nur mit Steigleitern, die aber nicht mehr sehr brauchbar ausschauten. Durch eine weitere, nach unten gelegene Höhle rann ein kleiner Bach. Wasser war also auch vorhanden. Ob die oberen Höhlen, die als Augen von außen zu sehen waren, ob die erreichbar sind konnte man so schnell nicht klären.

„Nicht schlecht"; murmelte Thanon,

„genau genommen ideal für uns. Es bedarf allerdings einiger Investitionen um hier arbeiten und auch wohnen zu können. Elektrischen Strom brauchen wir natürlich auch. Da hinten können wir Hütten für die Arbeiter bauen."

In Gedanken kalkulierte er schon.

„Wem gehört denn nun das Ding?" fragte er Sombat.

„Keine Ahnung", erwiderte der,

„ob ein Kloster damit zu tun hat? Sieht ja fast so aus."

Ihre vorsichtigen Nachforschungen führten zu keinem Ergebnis. An die ganz große Glocke wollten sie ihr Interesse auch nicht hängen. So ließen sie sich von der Forstwirt-schaftsbehörde die Genehmigung erteilen in einer Höhle der Region Champignons zu züchten. Der Sachbearbeiter bekam eine anständige Gratifikation, schrieb die Genehmigung aus, gab sie ihnen und heftete die andere Kopie in irgend welchen Akten ab. Finden würde sie dort keiner jemals und Thanon konnte im Falle eines Falles eine Genehmigung vorweisen. Außerdem hatte er nicht vor, irgend jemanden überhaupt in die Nähe seiner Firma kommen zu lassen. Schon an Anfang des Weges würden entsprechende Kontrollen stattfinden.

Es gab viel zu tun in der nächsten Zeit. Auch wenn der neue Betriebsleiter Sombat den Großteil der Arbeiten übernahm und auch die Bauarbeiten beaufsichtigte, musste Thanon mehrfach über die grüne Grenze kommen. Bo hatte ihren Job längst gekündigt, kümmerte sich um die Ölproduktion und um den anstehenden Umzug nach Thailand. Mittlerweile hatte sie alle interessanten Papiere kopiert, zumindest die, die sie irgendwann gebrauchen könnten.

Als ein Problem erwies sich die Versorgung mit elektrischem Strom. Klar, war eine lange Leitung aber das war nur ein Geldproblem. Nein sie brauchten eine Geschäftsadresse und einen offiziellen Betreiber. Und womit sollte man den Stromverbrauch begründen? Was war das Erwerbsziel des Betriebes? Sombat hatte den rettenden Einfall:

„Wir züchten nicht nur offiziell sondern tatsächlich Champignons. Leute haben wir, die Investitionen sind gering und außerdem sollte es auch Gewinn abwerfen."

Der Betrieb lief von Anfang an ganz gut. Man hatte Leute aus Myanmar angestellt, einen Transportdienst eingerichtet und ein Stadtbüro auf gemacht, wo das Öl verkauft wurde. Es war alles zufrieden stellend.

Sie hatten gut verdient aber in der letzten Zeit ließen die Lieferungen doch stark nach. Im Hospital waren Veränderungen geschehen. Ihr Lieferant hatte einen neuen Boss bekommen und der.... Nicht das er Gratifikationen glatt ablehnte aber, so sagte der Lieferant, der Neue hat Ambitionen in der Politik und da sind die Summen einfach wesentlich höher. Da kommen wir nicht mit und daher spielt er bei uns den Saubermann und kontrolliert ständig. Wir müssen sehr vorsichtig sein. Auch von den Mönchen die Thanon belieferten kamen vorsichtige Töne. Bisher hatten sie bei Lieferung gleich einen bereits bearbeiten Körper zurück bekommen. Der wurde dann anstelle des neuen verbrannt. Hatte eigentlich alles seine Richtigkeit, nur mit etwas Verzögerung halt. Jetzt wurde auch dort kontrolliert.

Auf der thailändischen Seite hatten sie ihre Fühler schon ausgestreckt und sehr vielversprechende Zusagen bekommen. Allerdings waren die Preise doch um einiges höher.

Bo wollte ihre schon immer angestrebte Villa endlich habe. Thanon war da vorsichtiger:

„Wir mieten erst mal einen Bungalow in Ranong oder Umgebung. Unsere Kasse ist im Augenblick ziemlich leer und außerdem müssen wir hier in der Nähe bleiben bis der Laden richtig läuft. Deine Villa läuft ja nicht weg. Sombat ist zwar ein guter Betriebsleiter aber die Bosse sind wir und wir sagen wo es lang geht. Wir brauchen mehr Lieferanten, vor allem beständigere. An Personal werden wir überwiegend Leute aus Myanmar beschäftigen. Die sind billiger und auch verschwiegener. Ihre Freunde und Verwandte leben jenseits der Grenze. Da wird nicht so viel getratscht. Lediglich das Sicherheitspersonal muss aus Thailand kommen. Scheint mir wichtig. Was meinst du?"

Bo nickte:

„Ich hab mich in Yangoon schon umgehört. Leute zu finden ist kein Problem. Wir müssen dafür einen Fahrdienst organisieren. Wir holen sie von dort ab, fahren sie hier her. Dann arbeiten sie einige Wochen, wohnen auch hier, sie können ja nicht weg, sollen sie auch nicht. Und schubweise tauschen wir sie aus. Vielleicht drei Wochen arbeiten, eine Woche Pause. Für Leute aus Myanmar gibt es problemlos Arbeitsgenehmigungen für Thailand. Da sind wir auf der sicheren Seite. Aber was wir halt brauchen sind verlässliche Lieferanten mit denen man planen kann."

So würde es noch viel Leerlauf am Anfang geben. War kein Rohmaterial für die Ölproduktion vorhanden, mussten die Leute eben Tees mischen, Tinkturen und Pulver herstellen oder würden mit Reinigungs- und anfänglich auch mit Bauarbeiten beschäftigt.

Es dauerte fast ein Jahr bis alles fertig war. Die Rücklagen schmolzen dahin. Sogar einen Kredit hatten sie aufgenommen. Es wurde Zeit mit der Produktion zu beginnen. Entsprechende Arbeiter waren eingestellt worden, die Wachleute waren ausgebildet und eingewiesen. Zum Schluss hatte man noch ein Wachhaus am Eingang des Weges gebaut, mit einer Schranke davor. Thanon wollte absolut sicher sein, keine ungebetenen Gäste in der Anlage zu haben. Nun könnte das erste Rohmaterial angeliefert werden.

So suchten und fanden sie einen passenden Bungalow, packten ihre Sachen zusammen und zogen um nach Thailand. Bo meldete die Champignonzucht an, allerdings unter dem Namen von Sombat und alles lief in den geplanten Bahnen.

Thanon konzentrierte sich auf die Suche nach potentiellen Lieferanten. Die Krankenhäuser in der Nähe und in der Umgebung hatte er schon besucht. Die Reaktion war nicht schlecht. Dollarscheine waren immer ein gutes Argument. Kontrollen gab es hier in Thailand kaum und wenn dann sehr oberflächlich und im Problemfall bezahlbar.

Bangkok wäre natürlich ein gutes Revier, zwar 250 km entfernt aber das wäre durchaus möglich. Man benötigte halt ein Fahrzeug mehr und einige Kisten. Man brauchte die Sachen ja noch nicht einmal kühl zu halten. Brauchten ohnehin neun Tag zum Reifen. Das war eine Idee für die nächste Planungsreise. Soweit er wusste gab es für ihr Vorhaben bisher keine Konkurrenz. Jetzt waren erst mal die Wats an der Reihe, die Klöster. Es gab unzählige davon in der Region. Interessant für Thanon bei seinen Rundfahrten waren nur die, die einen auffallend langen Schornstein an einem kleinen Tempel hatte. Meist war der auch noch schwarz verräuchert. Nur dort wurden Leichen verbrannt.

Mit dem vorgebrachten Interesse für das Kloster, mit einfühlsamen Gesprächen und letztlich einer großzügigen Spende blieb man im Gespräch. Zwei, drei Wochen später würde er wieder auftauchen und seine Wünsche äußern. Lief ganz gut soweit.

Ein Artikel in einer internationalen Zeitung erregte eines Tages Thanons Aufmerksamkeit:

Südkoreanische Zöllner berichten von einer Beschlagnahme von 17.450 Kapseln. Die Kapseln enthielten ein Präparat das eine wundersame Heilung von allen Krankheiten versprach. Im Verlauf der Überprüfungen stellte sich heraus, dass die Kapseln, die aus China eingeführt worden waren, aus pulverisierten menschlichen Embryonen gefertigt worden waren. Ein offizielles Zertifikat für die Medikamente konnten die Händler nicht vorweisen. Der Verkaufspreis der Kapseln läge bei 35 USD. Die Wirksamkeit ist nicht bewiesen, zumindest zweifelhaft. Manche Experten halten sie schlichtweg für unsinnig.

Thanon stutzte. Das Ganze hatte doch starke Ähnlichkeit mit ihrem Öl. Auch da war die Wirksamkeit nie bewiesen worden und doch gab es immer wieder wundersame Heilungen und, und das war das Wichtigste, die Leute glaubten dran und kauften es. Bezahlten sogar die Wahnsinnspreise. Zum Anderen wurden ihnen von ihren Lieferanten immer wieder Embryos aus Abtreibungen angeboten, in Mengen sogar. Nur für die Ölproduktion waren sie nicht brauchbar aber nach dieser Meldung könnte man ja über eine Ausweitung ihrer Produktion nachdenken. Thanon und Bo berieten:

„Was hältst du davon?"

„Wäre für uns ideal. Wir haben ja immer das Problem dass unsere Leute auf neues Material warten müssen. Nach Haus können wir sie nicht schicken, das ist zu umständlich. Also drehen sie Däumchen, mischen Tees, Tinkturen und Pulver zusammen und machen Reinigungsarbeiten. So könnten wir sie permanent beschäftigen"

„Ja, und ich denke wir können das Rohmaterial, also die Embryos auch tiefgefroren anliefern und lagern. Wir müssen sie ja nur reinigen und dann trocknen. Gefriertrocknen wäre eine Idee. Dann fein mahlen, in die Plastikkapseln füllen und in Schachteln verpacken. Kein großer Aufwand."

Und so beschlossen sie das Präparat herzustellen. Auch einen Markennamen hatte man schnell gefunden:

Kwai si dam, Schwarzer Buffalo.

5. Patient Balmer

Dr. Joachim Steinbach war Chefarzt der neurologischen Abteilung des International Hospitals. Er war von Geburt Deutscher, lebte aber schon sehr lange in Thailand. Heute sagte er bei seiner morgendlichen Visite zu seinem Patienten Gerd Balmer nur:

„Ich komme nach der Visite noch zu Ihnen, wir haben etwas mehr miteinander zu bereden."

Gerd Balmer lag schon einige Wochen im Krankenhaus, in unterschiedlichen Abteilungen. Genau genommen hatte er alle Abteilungen schon durch. In die Neurologie hatte man ihn mehr oder weniger ratlos abgeschoben. Er hatte starke Schmerzen am ganzen Körper, in den Gelenken und auch in den Muskeln, konnte weder gehen noch sitzen. Alle Untersuchungsergebnisse und darauf folgende Therapien hatte zu keinem nachhaltigen Erfolg geführt. Man war ganz einfach ratlos. Genau das versuchte der Doktor seinem Patienten später zu erklären. Da beide Deutsch sprachen gab es zumindest hier keine Probleme.

„Sie sind," so begann er,

„nach medizinischer Sicht aus therapiert. Organische Defekte haben wir nicht feststellen können. Wir wollen Sie morgen entlassen, versehen mit einer Reihe unterschiedlicher Schmerzmittel. Dann müssen Sie ausprobieren was hilft und was nicht. Wird sicher an verschiedenen Tagen unterschiedlich sein. Auf jeden Fall sollten wir in Kontakt bleiben. Letztlich interessiert mich Ihr Fall besonders und es ist mir äußerst unangenehm, ihnen nicht helfen zu können."

Balmer schluckte, verstand, dass man ihm nicht helfen konnte. Die ganze Zeit im Krankenhaus war also sinnlos gewesen. Die teilweise schmerzhaften Untersuchungen ebenfalls.

„Wie Sie meinen Herr Doktor." sagte er hilflos.

„Ich habe da noch einen Vorschlag für Sie," fuhr Dr. Steinbach fort,

„einen, zugegeben sehr ungewöhnlichen Vorschlag. Ich bin klassischer Mediziner, habe aber hier im Lande gelernt, dass es viele Anwendungen gibt, von denen wir klassischen Mediziner keine Ahnung haben, die zuerst sehr befremdlich erscheinen, in der Realität aber oft überraschende Erfolge aufweisen. Dies ist kein medizinischer Ratschlag, nur ein Hinweis auf eine Möglichkeit. Ob es Ihnen hilft weiß ich nicht, ob Sie es ausprobieren möchten steht in Ihrem Ermessen. Verschreiben kann ich es Ihnen daher nicht, Ihre Krankenversicherung wird es wohl auch kaum bezahlen wollen. Es gibt da so ein geheimnisvolles Öl. Über die angebliche Herstellung erzähle ich Ihnen lieber nichts. Dieses Öl hat schon mit wenigen Anwendungen teilweise erstaunliche Wirkung bewiesen. Überlegen Sie es sich. Ich werde ihrer thailändischen Freundin eine Kontakttelefonnummer geben. Alles Weitere liegt, wie schon gesagt, bei Ihnen. Eines muss ich allerdings noch hinzufügen damit Sie keinen Schreck bekommen. Das Zeug ist sehr teuer. Mit bis zu einer Million Baht oder für Sie einfacher , bis zu 23.000 Euro, für die kleine Ampulle müssen Sie rechnen. Wenn es hilft ist es sicher sein Geld wert, wenn nicht, sauteuer."

Damit drückte er ihm die Hand und verabschiedete sich. In der Tür drehte er sich noch einmal um:

„Wenn Sie Erfolg haben lassen Sie es mich wissen. Ich lerne gerne dazu."

Am späten Vormittag des nächsten Tages lag Gerd Balmer wieder in seinem häuslichen und lange vermisstem Bett. War netter als im Hospital, klar, aber die alten Schmerzen plagten ihn genau wie vorher. Mit den erhaltenen Medikamenten versuchte er sie einigermaßen erträglich zu machen. Seine Freundin Mo pflegte ihn liebevoll. Auch jetzt setzte sie sich zu ihm, hielt seine Hand.

„Was meinst du Mo," begann Balmer,

„sollen wir das Öl kaufen oder nicht?"

Darüber hatte sie schon in der Nacht gegrübelt, nachdem ihr der Doktor die Telefonnummer gegeben hatte. Das viele schöne Geld, hatte sie immer wieder gedacht, was könnte man damit alles machen. Meine Familie könnte es sehr dringend gebrauchen. Aber, es war letztlich nicht ihr Geld, es war die Entscheidung ihres Boyfriends.

„Das musst du wissen Tirak,"antwortete sie.

„Wenn du es nicht aushältst und es nicht besser wird, musst du es wohl damit versuchen. Es ist dein Geld."

„Ja," sagte Balmer,

„ja, ich denke ich muss es machen. Wenn es umsonst ist, wird es uns auch nicht ruinieren. Wir brauchen auch unseren Lebenswandel nicht drastisch ein zu schränken. Rufe die Nummer doch nachher mal an."

Eine mürrische Stimme am anderen Ende gab ihr eine neue Telefonnummer. Dort die Antwort, rufe morgen wieder an. Jetzt ist niemand zu sprechen. Am nächsten Tag sagte eine Dame sie solle doch mal vorbeikommen, am Telefon könne man schlecht darüber sprechen. Sie nannte eine Adresse in der Stadt. Morgen vier Uhr wäre recht. Mit Hilfe eines Taxifahrers fand sie das Office in einem Hinterhof. Neben der offenen Tür ein provisorisches Schild mit der Aufschrift – **Biological Medicin** -. In dem halbdunklen fensterlosen Raum saß eine streng blickende ältere Dame mit einer tiefen Falte auf der Stirn.

„Haben wir gestern miteinander telefoniert?" fragte Mo.

„Ja, das kann schon sein. Kommst du wegen des Öls?"

„Deshalb hatte ich angerufen, mein Mann ist schwer krank, wir hoffen es hilft ihm."

„Da kannst du sicher sein, es hilft immer. Von wem hast du unsere Telefonnummer?"

„Die hat ein Doktor im Hospital mir gegeben", antwortete Mo.

Die Dame lächelte:

„So so, ein Doktor. Egal. Ja ich kann dir etwas besorgen obwohl die Nachfrage im Augenblick sehr groß ist. Ich mache dir einen guten Preis, handeln lassen wir nicht mit uns. Auch wenn dich der Preis erschreckt, die Herstellung ist sehr aufwändig und teuer. Viel verdienen wir dabei nicht

aber man hilft ja gerne. Im Augenblick nehmen wir Neun-
hunderfünfzigtausend Baht. In Cash natürlich. Das wirst
du wohl nicht dabei haben. Das Öl muss ich auch erst kommen lassen. Sagen wir morgen um die gleiche Zeit? Gut,
dann bis morgen."
Schon stand Mo wieder auf der Straße wo das Taxi auf sie
gewartet hatte. Jetzt galt es das Bargeld zu besorgen. Etwas
konnte man von den hiesigen Konten abziehen, eine größe-
re Menge Euros hatte Gerd bei der letzten Einreise aus
Deutschland ins Land geschmuggelt, ohne es zu deklarie-
ren. Die musste sie in verschiedenen Banken umtauschen
damit es nicht so auffiel. Für den Rest durfte Visa gerade
stehen. So kamen neunhunderfünfzig Tausendbahtscheine
zusammen. Ein ganz schöner Packen. Sie zeigte ihn Gerd.
„Hoffen wir dass alles gut wird und du schnell wieder top-
fit bist, Tirak."
Damit küsste sie ihn auf die Stirn.
Als sie am nächsten Nachmittag das Office der Biological
Medicin wieder verließ war sie den Packen wieder los, hatte dafür ein winziges Fläschchen in der Handtasche mit
einen gelblichen Flüssigkeit von vielleicht zwei Millilitern.
Am Abend tat sie einen Tropfen davon auf Gerds Rücken
und verrieb es sorgfältig, deckte ihn zu und wünschte ihm
eine gute Nacht. Er schlief zum ersten Mal seit langer Zeit
sehr gut in dieser Nacht, verlangte am Morgen, zur Ver-
wunderung seiner Freundin nach einem kräftigen Frühstück, was er auch mit sichtlichem Genuss verzehrte. Dann
schlief er wieder ein, schlief bis zum Nachmittag.
„Mo wo bist du?"
Sie hörte es und kam voller Sorge an sein Bett.

„Komm her und küss mich, du hast es sehr lange nicht getan. Ich möchte dich umarmen und mich für deine Fürsorge bedanken."

Oho, dachte Mo, ist das etwa das Öl das sich da bemerkbar macht?

Sie erfüllte seinen Wunsch und beschloss gleich noch eine weitere Anwendung zu machen. Was sie auch sogleich tat. Er genoss die sanfte Massage sichtlich und bat sie doch heute Nacht bei ihm zu bleiben, in seinem Bett zu schlafen und ihn weiter zu streicheln.

Gegen Morgen blieb es nicht alleine beim Streicheln. Er fühlte sich absolut gesund und stark. Liebte seine Freundin heftig und lange. Vielleicht nicht ganz so lange wie früher aber immerhin. Was nicht gleich ist, kann ja noch werden, so dachte sie.

Und tatsächlich, die Schmerzen in den Gelenken und in den Muskeln waren wie weggeblasen. Er konnte sich frei drehen und wenden, alles kein Problem. Keine Frage, das Öl war sein Geld wert. Als er nach gut einer Woche immer noch fit und gesund war, rief er den Chefarzt an.

„Herr Doktor, vielen vielen Dank für den Ratschlag, es ist bei mir alles wieder im grünen Bereich."

Dr. Steinbach legte gedankenschwer den Hörer auf. Schon ein wundersames Land hier, dachte er.

6. Tip

Tip drehte sich nackt vor dem Spiegel hin und her. Für mein Alter, so dachte sie, hab ich eine ganz passable Figur, auch meine beiden Kinder sieht man mir nicht an. Keine Schwangerschaftsnarben, schöne glatte braune Haut. Ok, der Busen könnte größer sein aber das ist das bekannte Problem bei fast allen Thaifrauen. Zum Glück stört es die Falangs weniger als mich. Auch werde ich immer für jünger eingeschätzt. Alles gut aber mit meinen zweiunddreißig Jahren gehöre ich hier im Lande schon sehr schnell zu den alten Ladys. Ich muss was unternehmen, muss mir ein langfristiges, dauerhaftes Verhältnis zulegen. Zu Heiraten wäre natürlich die beste Lösung für mich aber das ist nicht so einfach. Hatte sie auch schon festgestellt und gehört. Ein Thai kommt sowieso nicht in Frage, das war klar. Unzuverlässig, Untreu, meist auch brutal, sehr oft Spieler und Säufer. Und die Falangs? Waren fast alle schon verheiratet, hatten teilweise Kinder in ihrer Heimat. Gleichzeitig eine feste Beziehung mit einer Thaifrau zu haben war natürlich immer noch möglich. Wenn er hier ist, leben wir zusammen, wenn er in seiner Heimat ist, lebe ich in seinem Haus und er schickt regelmäßig das nötige Geld. Machen viele Ladys hier. Im Grunde die einzige Möglichkeit, es sei denn man möchte wieder heim zur Familie und dort im Haus arbeiten. Aber dafür war sie schon zu lange hier auf Phuket. So drei vier Wochen im Jahr nach Hause zu fahren war in Ordnung aber für immer? Unvorstellbar. Und Bars und Männer gab es dort auch nicht. Also auch keine Möglichkeit für einen kleinen Nebenverdienst.

Sie hatte sich in den letzten Tagen ihre momentanen Bekanntschaften immer wieder durch den Kopf gehen lassen. Wer kam in Frage? Wen müsste sie dazu bringen, davon überzeugen, dass nur sie die Richtige war? Sie kam immer wieder zum gleichen Ergebnis, nur mit Günther ist es möglich. Günther war Deutscher, hatte zwar auch Familie aber wollte in Zukunft die halbe Zeit des Jahres hier in Thailand leben. Er war so um die fünfundsechzig Jahre alt und noch ganz gut beisammen. Der Sex mit ihm war auch ok, nicht heftig aber zärtlich. Würde gehen. Sie hatte auch schon einen Plan. Heute Abend ist Party in ihrer Honey-Bar. Da würde Günther mit Sicherheit auch erscheinen. Dann müsste sie sich an ihn ran machen. Ihren Kolleginnen würde sie klarmachen, dass nur sie in anmachen dürfte. Da hielten sich dann auch alle dran, war so ein Ehrenkodex bei den Bargirls. Und wenn sie ihn erst im Bett hätte, dann würde das Heilige Öl helfen. Davon hatte sie genug gehört. Es aber noch nie selbst ausprobiert. Kaufen könnte sie es in dem großen Condotel an der Hauptstraße, Dort wohnten viele Mädchen, teilten sich ein Zimmer. Sie sollte sich zu einem gewissen Ake durchfragen, das wäre die richtige Adresse. Kosten? Sie hatte von zweitausend Baht gehört. Nicht wenig aber das bringen zwei Nächte mit einem Falang wieder ein. Außerdem waren es ja Investitionen in die Zukunft.

Das Condotel erwies sich als ziemlich verkommenes Etablissement. An den Zimmertüren mehrere Ketten mit Vorhängeschlössern, man traute dem Vermieter wohl nicht über den Weg. Tip fragte eines der herumlaufenden Mädchen nach Ake. Ja, in Nummer elf würde sie ihn wohl finden. Nach mehrmaligem Klopfen öffnete eine finstere dunkle Gestalt die Tür.

„Wenn du Geld brauchst komm morgen wieder, bin für heute ausverkauft."

Damit wollte er die Tür wieder schließen, wartete jedoch noch einen Moment.

„Oder was willst du?"

„Ich komme wegen des Heilöls", sagte Tip schnell.

„Man sagte mir du hättest was zu verkaufen."

„Ach so, klar, kannst du haben."

Damit langte er in ein Regal neben der Tür, gab ihr eine kleine Ampulle und hielt die Hand auf.

„Zweitausend".

Tip nickte, öffnete ihre Handtasche und zog die beiden bereit gelegten Scheine heraus.

„Ok, wenn du mehr brauchst komm her. Du weißt ja jetzt wo du mich finden kannst."

Punkt eins ihres Programms war somit schon abgehakt. Punkt zwei war, ich muss heute besonders sexy aussehen, unwiderstehlich sexy. Ihre Freundin Paeng lieh ihr ein Kleid, ein kleiner Fummel von Kleid. Es ließ ihre schönen Beine besonders zur Geltung kommen. Drunter? Nein heute nicht die üblichen Jeansshorts oder die schwarze blickdichte Hose, nein heute nur einen kleinen Slip. Wenn er ihr später ans Bein fasste, sollte er ihre warme Haut bis oben hin spüren. Ihre Bhs waren immer Schaumstoff gefüllt, heute durfte es eine Nummer größer sein. Die langen Haare waren frisch geföhnt, jetzt noch mit einer Spange zusammen gehalten, später in der Bar würde sie es offen tragen. Alles perfekt. Sie überprüfte ihr Erscheinen vor dem Spiegel. Also wenn ich Falang wäre, würde ich mich sofort in mich verlieben, dachte sie so. Gut gelaunt machte sie sich auf den Weg zur Honey Bar.

„Oi Oi", erfuhr es der Mamasan.

„was besonderes vor heute oder brauchst du nur Geld?"

„Ich möchte mich an den Günther ran machen," sagte Tip, „der ist heute fällig".

„Gute Wahl, hab gehört er ist auf der Suche nach einer passenden Villa. Da kannst du ihm ja behilflich sein. Auch weil du später ja drin wohnst. Ha, Ha".

Bis die ersten Gäste kamen war noch viel zu tun. Sie schützte ihr Kleid mit einer unförmigen Schürze. Nun erst mal Luftballons aufhängen, ganze Ketten davon. Sie waren schon angeliefert worden. Ballons sind ein Zeichen für jeden, hier gibt es heute ein kostenloses Buffet. Getränke müssen allerdings bezahlt werden. Irgendwo in der Umgebung war immer eine Party in einer Bar, was dazu geführt hatte, dass es inzwischen eine Gruppe sogenannter Ballonfahrer gab. Die verständigten sich per Handy wo es heute was umsonst gab, fuhren hin, futterten so viel sie konnten, manche tranken nicht einmal ein Wasser dazu, und waren wieder weg. OK, damit musste jede Bar leben. Dann das Buffet richten, die Speisen wurden gegen halb acht Uhr angeliefert. Zusätzliche Tische und Stühle waren nötig. Letztlich sollte das Ganze ja ein Geschäft werden. Meist wurde eine solche Party als Birthdayparty deklariert. Dann wurde eine Lady ausgeguckt, die später herumlief und sich als Geburtstagskind lange Ketten aus zusammen getackerten Geldscheinen um den Hals hängen lies. Geburtstag hatten diese an dem Tag selten. War ja auch egal. Später sollte es auch noch Livemusik geben.

Gegen sechs tauchten die ersten Gäste auf, um sieben war die Bar schon sehr gut besucht. Die Ladys hatte alle Hände

50

voll zu tun um mit dem Service nachzukommen. Das Buffet wurde eröffnet mit dem üblichen Gedränge. Von Günther keine Spur, stellte Tip sorgenvoll fest. Endlich, das Essen war schon fast abgeräumt, tauchte er zusammen mit einem Freund auf.

„Den übernimmst du, Paeng, halt ihn von Günther fern. Den kann ich jetzt nicht gebrauchen," rief sie ihrer Freundin zu.

Dann rausche sie heran und schmiegte sich an ihren Auserwählten. Günther war etwas überrascht aber warum sollte er so eine attraktive Frau abweisen. Es wurde getrunken, geflirtet und später zur Band getanzt. Als die Bar um zwei Uhr schloss, hängte Tip sich ohne weiter zu fragen an seinen Arm und er nahm sie widerspruchslos mit in sein Appartement. Ihre erotischen Bemühungen waren an ihm durchaus nicht spurlos vorüber gegangen, so nahm er sie schon als sie noch gemeinsam unter der Dusche standen. Dafür schlief er im Bett sehr schnell ein. Tip störte das nicht, im Gegenteil. So konnte sie in aller Ruhe das Öl auf seinem Rücken verreiben. Sie rieb auch etwas in die tieferen Regionen und kicherte dabei. Fast die ganze Flasche ging dabei drauf. Das musste ein Erfolg werden, ganz sicher. Vorsichtshalber schickte sie noch ein paar Gebete hinterher.

Sex am Morgen, warum nicht. Sie wartete drauf aber irgendwie kam er nicht so richtig auf Touren, hatte doch wohl zu viel getrunken gestern. Und die Wirkung des geheimnisvollen Öls? Nach einem späten und wortlosen Frühstück fuhr er sie wieder zu ihrem Zimmer. Drückte ihr die üblichen Tausend in die Hand.

„Ich ruf dich an," waren seine Worte, mehr nicht. Tip war enttäuscht, sie hatte sich das Ergebnis anders vorgestellt.

Später sprach sie mit Paeng darüber. Ob es wohl das richtige Öl war, das Original? Paeng meinte zu wissen das das wesentlich teurer wäre. Dieses war wohl nur eine starke Verdünnung oder gar eine Fälschung? Bei Ake darüber beschweren? Lieber nicht, der sah nicht so aus als wenn er Reklamationen überhaupt zur Kenntnis nehmen wollte. Auch nach drei Tagen hatte Günther sich nicht wieder gemeldet. Die Zweitausend waren also umsonst gewesen. Dafür berichtete Paeng dass Günthers Freund sehr nett wäre, man eine tolle Nacht verbracht hatte und sich heute wieder treffen wolle.

7. Der Mönch

Wong.... wong.... wong..., dröhnte der Gong. Dröhnte und dröhnte und hörte nicht auf. Es war vier Uhr morgens und natürlich stockdunkel. Der Mönch Subtoi zögerte den Moment des Aufstehens gerne noch einen Moment hinaus. Trotz der harten Pritsche war es ihm angenehmer liegen zu bleiben als jetzt hoch zu kommen. Egal, es half alles nichts. Also aufstehen, in den Waschraum gehen und eine schnelle Morgentoilette machen, einen Schluck Wasser trinken und dann in den Gebetsraum. Subtoi war jetzt fast ein Jahr Mönch aber an diesen Teil seines täglichen Lebens hatte er sich immer noch nicht gewöhnt. Die älteren Mönche achteten genau darauf dass diese Regeln genau und pünktlich eingehalten wurden. Sonst konnten auch empfindliche

Strafen ausgesprochen werden. Dann zwei Stunden lang Gebete und Meditation, gemeinsames Lesen von alten Schriften und Rezitieren von Sutras. Sobald der Himmel im Osten hell wurde war es Zeit die Sammelgefäße zu nehmen, ins Dorf zu wandern um die Essensgaben der Gläubigen ein zu sammeln. Einsammeln von Almosen gehört zu den Pflichten eines jeden Mönchs. Das Dröhnen des Gongs war auch im anschließenden Dorf zu hören, so das man wusste, die Mönche kommen in drei Stunden. Es gibt sehr feste Regeln was und wie man den Mönchen Speisen darbringen darf. Reis muss immer frisch gekocht sein. Man darf ihn mit dem Löffel in die Schalen geben, diese aber dabei nicht berühren. Andere Speisen werden auf einem Tisch ausgebreitet und die Mönche nehmen was sie möchten. Die meisten Leute bringen den Mönchen bessere Speisen dar als sie sich selbst gönnen. Wichtig noch das die Spender sich vorher der Fußbekleidung entledigen müssen. Der Mönch nimmt die Gaben regungslos entgegen. Der Spender bedankt sich ehrfürchtig und tief, dafür das seine Gaben angenommen wurden. Letztlich verbessern gute Taten das Karma.

Dann, nach Rückkehr ins Kloster kam der angenehmste Teil des ganzen Tages. Man saß zusammen und speiste. Getrunken wurde ausschließlich Wasser. Bier und Wein waren ohnehin absolut tabu. Dabei durfte dann auch untereinander geplaudert werden. Danach Unterricht in den Schriften und anderen Lehren, die ein Mönch beherrschen sollte. Ein letztes Mahl gab es gegen Mittag, dann war Schluss bis zum nächsten Tag. Nach 13 Uhr darf kein Mönch mehr Nahrung zu sich nehmen. Kranke natürlich ausgenommen. Den Nachmittag konnten die Mönche meist selbst bestimmen. Sie nutzten die Zeit zur Selbstfindung, aber auch um Arbeiten zum Unterhalt des Klosters und seiner Gebäude zu verrichten. Gegen 16 Uhr gab es ein letztes Abendgebet.

Subtoi hatte durchaus andere Pläne für sein Leben gehabt. Da kamen auch Frauen, Kinder, Familie vor. Aber es war der Wunsch seines Vaters gewesen das er ins Kloster ging. Ein Mönch in der Familie hebt das Ansehen in der Gesellschaft gewaltig und dem Wunsch des Vaters kann man sich natürlich nicht widersetzen. Die Anfangszeit war schon sehr schwer für ihn gewesen, aber mittlerweile fand er das Leben doch als ganz angenehm.

Nach drei Monaten konnte er das Kloster wechseln und tat es auch. Ein Grund war das es hier nur eine sehr spärliche Bibliothek gab. Subtoi wollte aber mehr wissen, wollte alles wissen was Buddhas Lehre betraf. Er wechselte daher in ein Kloster mit einer renommierten und umfangreichen Sammlung alter Bücher . Auch gab es dort Gelehrte die ihn unterweisen konnten. Er sog förmlich alles in sich hinein was er finden konnte. Sein nächster Wechsel führte ihn nach Kho Kaeo. Hier war es schon sehr unterschiedlich zu den Klöstern die er kannte. Es war eine Insel auf der nur Mönche lebte. Almosen sammeln war also nicht jeden Tag möglich da man erst mit dem Boot zum nächsten Ort fahren musste. Aber es gefiel ihm dort. Durch seine ruhige Art und sein umfangreiches Wissen brachte er es zum Gehilfen des Abtes.

Nach der nächsten Morgenandacht winkte Abt Suriban den Mönch Subtoi zu sich.

„Ich habe einen Auftrag für dich Luang Phi Subtoi", begann er,

54

„einen sehr wichtigen Auftrag von dem aber niemand etwas wissen darf. Deshalb möchte ich dass du ihn ausführst, zu dir habe ich Vertrauen."

Subtoi nickte eifrig und ließ sich zu Füßen des Abtes nieder. Er war erst ein Nen, ein junger Mönch und deshalb hatte er dem Abt bedingungslos zu folgen.

„Ich möchte dass du dem Abt vom Wat Chao Thong einen Brief von mir überbringst. Den darfst du nur ihm alleine aushändigen. Das weitere Bestehen unseres Klosters hängt davon ab. Wenn es Probleme gibt, vernichte den Brief bevor er in falsche Hände gerät. Ich gebe dir jetzt den Brief und etwas Geld für die Reise. Du kannst dann sofort aufbrechen. Das Wat liegt in der Nähe von Petchuap Kiri Khan, in den Bergen an der Grenze Myanmars. Du wirst es finden. Fahre mit dem Tuk-Tuk zum Busbahnhof, nimm den Bus in Richtung Bangkok. In Petchaup Kiri Khan musst du fragen wie du zum Wat kommst. Alle Leute werden dir als Mönch helfen. Vermutlich wird auch niemand Fahrgeld von dir verlangen. Wenn mein Freund der Abt möchte dass du etwas für ihn erledigst, so tue das und komme danach wieder zu uns zurück."

Sich reisefertig zu machen beziehungsweise zu packen ist für einen Mönch eine einfache Sache. Er trägt ohnehin nur die beiden orange farbenen Tücher, den Sbong und den Jevon. Bei Bedarf noch einfache Sandalen. Dazu eine Umhängetasche aus Stoff in die er die wenigen persönlichen Sachen legt, wie Kosmetikartikel, Rasierzeug und, auch bei Mönchen unentbehrlich, ein Mobile. Freunde von denen er sich verabschieden müsste, hatte er hier im Wat noch nicht gefunden, daher nahm er wortlos seine Tasche und schlug die Richtung zum Strand ein, ohne sich noch einmal umzudrehen. Mit dem wateigenen Longtail ließ er sich an die nächste Straße fahren. Dort fand er ein Tuk-Tuk, dass ihn bis zum Busbahnhof mitnahm. Nein, Geld wollte der Fahrer nicht haben, freute sich einem Mönch als Gast zu befördern. Subtoi stieg immer vorne beim Fahrer ein. Da war die Gefahr mit Frauen oder auch nur mit weiblichen Kleidungsstücken in Berührung zu kommen, am Geringsten. Sollte so etwas passieren, hätte es langwierige Reinigungsprozeduren zur Folge, mit einer endlosen Folge von Gebeten. Am Busterminal Richtung Bangkok war ein Bus abfahrbereit, sogar ein VIP-Bus mit Klimaanlage und Schlafsesseln. Ganz hinten fand der Mönch seinen Platz, an dem er in Ruhe schlafen konnte. Der Bus war nur spärlich besetzt, daher verzichtete man auch hier auf einen Fahrschein und bedankte sich dafür, ihn befördern zu dürfen.

Es war sehr spät am Abend als man sich Petchuap Kiri Khan näherte. Die Reisebegleiterin des Busses ging zu Subtoi, wollte ihn wecken damit er sich zum Aussteigen fertig machen konnte. Es gab hier keinen Busbahnhof sondern nur ein kurzer Halt an der Schnellstraße war vorgesehen. Der Mönch schlief tief. Auf die Rufe der Stewardess hörte er nicht. Sie zögerte, wusste nicht was sie machen sollte. Anstoßen wollte und durfte sie ihn nicht. Ein anderer Reisender löste letztlich ihr Problem, rüttelte Subtoi an der Schulter und deutete ihm seine Sachen zu nehmen und nach vorne zu gehen.

 Dann stand er draußen im Dunkeln und sah den Rücklichtern des Busses nach. Wo bleiben in der Nacht? Auf der anderen Straßenseite erblickte er ein blaues Leuchtschild mit der Aufschrift „Police". Darauf ging er zu, betrat die Wachstube und fragte ob er sich irgendwo hinlegen könne. Der Wachhabende deutete auf eine seiner Arrestzellen.

56

„Such dir eine aus, die sind heute alle noch frei. Eine Decke kann ich dir auch noch geben und eine Flasche Wasser."

Was wollte er mehr. Der Polizist wollte gewohnheitsmäßig die Zelle abschließen, unterließ es aber dann doch, schüttelte über sich selbst den Kopf. Der Mönch war schließlich ein Mönch und nicht unter Arrest. Am nächsten Morgen teilten sie sich zum Frühstück die Schüssel Reis und den Beutel mit Som Tam, den ihm seine Frau mitgegeben hatte.

„Wie komme ich zum Wat Chao Thong", fragte Subtoi zwischen zwei Bissen.

„Das sind so etwa 20 Kilometer. Bis zum nächsten Ort findest du vielleicht ein Tuk-Tuk aber den Rest wirst du wohl laufen müssen. Ich kann ja mal telefonieren ob es jemanden gibt der dort heute hinfährt."

Nach einer Weile kam der Polizist zurück.

„Du hast Glück, es kommt gleich einer vorbei, der in die Richtung fährt. Das Weitere musst du mit ihm bereden."

Nach kurzer Zeit tauchte ein vollbeladenes Tuk-Tuk auf. Der Fahrer ließ Subtoi vorne einsteigen.

„Du willst zum Wat? Ich fahre in die Richtung, habe Ware aus zu liefern. An der Abzweigung zum Wat kannst du aussteigen, sind dann nur noch fünf Kilometer. Schafts du doch oder?"

„Klar," sagte der Mönch,

„wir Mönche sind laufen gewohnt."

Es war eine einsame Gegend an der das Tuk-Tuk hielt. Subtoi stieg aus, der Fahrer bedankte sich für seine Möglichkeit ihm zu helfen, und dann schlug er den staubigen Weg ein, der zum Wat führen sollte. Nach einer knappen Stunde tauchten Dächer auf und kurz darauf schritt er durch das Tor und fragte sich zum Abt durch.

„Du sagst du hast eine wichtige Botschaft für ihn?" fragte der Mönch der ihn führte.

„Ja," sagte Subtoi,

„ich habe einen wichtigen Brief für ihn."

„Gut, dann bring ich dich zu ihm. Du musst wissen das er sehr krank ist, wir müssen damit rechnen das er nicht mehr lange lebt. Bleibe nicht zu lange bei ihm. Er soll sich nicht aufregen."

Sie gingen durch den schattigen Innenhof. Unter den alten, weit ausladenden Bäumen saßen Mönche und studierten die alten Schriften. Das Wat war bekannt für seine umfassende Bibliothek. Von weit her kamen Mönche um sich mit den alten Weisheiten intensiver befassen zu können als es sonst wo möglich war.

Die Mönche wohnten hier in kleinen Räumen zusammen, nur der Abt hatte sein eigenes kleines Reich. Zwar nur sparsam möbliert aber immerhin hatte er dort seine, in langen Jahren liebgewonnenen Bilder und Statuen bei sich und konnte sie betrachten und mit ihnen gemeinsam meditieren.

Man ließ Subtoi vor der Tür des Zimmers warten, fragte zaghaft ob der Abt denn Besuch empfangen wolle. Als das Wort Kho Kaeo fiel gab es für den keine Überlegung mehr.

„Führe ihn herein, wenn er von meinem Bruder Abt aus Kho Kaeo kommt ist er jederzeit willkommen."

Der Abt lag auf seiner Pritsche, reckte dem eintretenden Mönch die Hände zum Gruß entgegen.

„Sei willkommen. Aufstehen kann ich leider nicht, bin zu schwach dafür. Im Augenblick. Aber es wird schon wieder werden."

Subtoi kniete ehrfürchtig nieder.

„Ich habe einen Brief für dich, den darf ich nur dir geben."

Mit einem Wink schickte der Abt den anderen Mönch hinaus. Er nahm den Brief den Subtoi ihm reichte, fast ehrfürchtig strich er drüber und gab ihn dann nach einer langen Weile zurück.

„Der Brief ist zwar geheim," begann er,

„aber meine Augen sind zu schwach um ihn zu lesen. Du musst ihn mir vorlesen. Der Bruder Abt von Kho Kaeo hat Vertrauen zu dir, deshalb kann ich es auch haben. Aber, denke dran, kein Wort zu anderen Leuten."

Subtoi nickte, nahm den Brief aus seinen Händen, öffnete ihn langsam, faltete ihn auseinander und begann zu lesen. Das was er las erschreckte ihn bis ins Mark. Es fiel ihm schwer es bis zum Ende vor zu lesen.

Der Abt brach als erster das lange Schweigen, das entstanden war.

„Du hast es vernommen Luang Phi. Mein Bruder möchte dass ich dieser Sache ein Ende bereite. Er möchte dass ich weitere Informationen sammele und insbesondere den Ort an dem diese Taten geschehen ausfindig mache. Wenn wir absolut sichere Beweise haben können wir erst die Polizei einschalten. Jetzt müssen wir damit rechnen, das diese Leute die zuständige Polizei finanziell unterstützen, um es mal so zu sagen. Die Leute werden gewarnt, beseitigen alle Spuren und verschwinden. Dann sind wir letztlich die Dummen. Wir sind Mönche, solche Sachen gehen uns eigentlich nichts an aber kannst du so tun als wenn nichts geschehen ist? Kannst du morgen ruhig schlafen mit dem Gedanken es geht so weiter wie bisher? Nein, wir müssen handeln, auch das hat uns Buddha gelehrt. Mein Freund der Abt lebt auf einer einsamen Insel, hat daher wenig Möglichkeit Aufklärung zu betreiben. Deshalb hat er mich vor längerer Zeit darum gebeten ihm zu helfen. Da wusste ich allerdings noch nicht um die Ausmaße der Geschehnisse. Wie du allerdings siehst bin ich nicht mehr in der Lage jetzt solche Sachen zu übernehmen. Ich bin zu schwach, habe wahrscheinlich nicht mehr lange zu leben. Auch möchte ich meine letzten Tage mit Meditieren verbringen und mich auf mein nächstes Leben vorbereiten, oder wenn es denn so ist auf den Aufstieg in die oberste Ebene des Daseins. Der Brief des Abtes kommt leider zu spät."

Er schwieg und sank noch tiefer auf sein Lager. Das Reden hatte ihn sichtlich angestrengt.

„Dann muss ich meinem Abt wohl eine schlechte Botschaft überbringen," sagte Subtoi leise.

Er wollte sich schon erheben als der Abt ihm winkte sitzen zu bleiben.

„Du bist jetzt eingeweiht in das Geheimnis. Du bist unser Bruder, du hat die Energie und den Verstand der nötig ist. Es liegt jetzt an dir Luang Phi. Ich kann dir keinen Auftrag erteilen, du musst selbst entscheiden was du willst. Ich kann dir dazu nur meinen Segen geben wenn du ja sagst. Und du kannst sicher sein ein wohlgefälliges Werk zu tun."

„Gut", erwiderte Subtoi, ohne lange zu überlegen,

„ich werde es versuchen."

„Dann gebe ich jetzt Anweisungen dass du hier bei uns einige Tage wohnen wirst, du kannst in unserer umfangreichen Bibliothek alle Unterlagen und insbesondere die alten Schriften studieren um dich schlau zu machen. Du musst alles über die Praktiken wissen. Danach erst kannst du dich auf den Weg machen um die Stätte des Grauens zu finden. Im Brief hat der Bruder Abt ja schon angedeutet wonach du suchen musst, nach einem schwarzen Buffalo. Was immer damit gemeint ist. Es liegt vermutlich irgendwo hier im Grenzgebiet zu Myanmar, zwischen unserem Kloster und Ranong. Nicht gerade ein kleiner Bereich und teilweise sehr unzugänglich. Ich vermute das dort das Öl schon seit vielen Jahren hergestellt wird. Es muss eine abgelegene Gegend sein. Vielleicht findest du in unseren alten Unterlagen Hinweise."

Er rief nach dem Mönch der Subtoi hergeführt hatte und gab ihm die nötigen Anweisungen, insbesondere erteilte er dem Verwalter der Bücherei die Genehmigung alle Schriften bereit zu stellen, die für Subtois Recherchen von Nutzen sein könnten.

„Du kannst ihm alle Schriften zeigen," sagte der Abt mit Nachdruck.

„Ich sagte alle", betonte er noch einmal und blickte ihn streng an

Der Verwalter nickte ergeben.

Dann segnete der Abt Subtoi und wünschte ihm Glück und Erfolg.

„Ich hoffe so lange zu leben bis du zurück bist und mir Erfreuliches berichten kannst. Und noch eines, der Abt von Kho Kaeo verfügt über geheimnisvolle Kräfte von denen keiner etwas ahnt. Du hast es ja selbst gesehen".

Erschrocken und nachdenklich erhob sich Subtoi und verließ den Raum.

„Ob ich ihn noch einmal wiedersehe?" war sein Gedanke.

Dann konzentrierte er sich auf die vor ihm liegenden Aufgaben.

Als Erstes wollte sich Subtoi über den Schwarzen Buffalo informieren. Gab es irgendwo einen Hinweis auf eine Örtlichkeit oder ein Geschehen? Wahrscheinlich aus lange zurückliegender Zeit. Wenn es mit dem Wat zu tun hatte, dann müsste auch etwas in den Archiven zu finden sein. Der Bibliotheksverwalter schleppte heran was er nur finden konnte. Teilweise Sachen auf denen der Staub von Jahrzehnten wenn nicht von Jahrhunderten lagerte. Aber, stellte Subtoi mit Bedauern sehr schnell fest, eine Chronik wurde nie geführt. Dafür gab es anscheinend keinerlei Interesse. Insofern war seine Suche nach Hinweisen auf den schwarzen Buffalo sehr schnell beendet.

Auch die Quellen über die Herstellung des Heilöls waren sehr dürftig. Bis der Verwalter mit wichtiger Miene ein sehr altes Buch herbeitrug. Es war in gelbe Seide eingeschlagen. Als er das Tuch entfernte sah man das die ersten Seiten schon stark vergilbt und beschädigt waren. Es war wirklich sehr alt. Vorsichtig begann Subtoi die Seiten nach oben zu klappen. Die Schrift war zwar eine alte aber für ihn lesbar, wenn auch nur mit einiger Mühe. Es war ein Buch das sicher nicht aus einem Kloster stammte. Auch der Verwalter hatte keine Ahnung woher es kam. Auf jeden Fall waren dort von Buddas Lehren nur sehr wenige beschrieben. Es ging mehr um das praktische Leben, wenn auch immer in Bezug auf Mönche und ihr Wirken.

In einem Kapitel fand er letztlich eine kurze Abhandlung über ein „heiliges Öl", wie man es nannte. Subtoi wurde aufmerksam. Anscheinend handelte es sich um das Öl, das auch heute noch an einigen geheimen Plätzen produziert wurde. Im Prinzip wusste er darüber Bescheid, wusste woraus es gewonnen wurde, wie es gemacht wurde und auch das es nur funktionierte wenn die entsprechenden alten Gebete dabei gesprochen wurden. Nur Subtoi wollte mehr wissen, wollte die Gebete selbst kennen und, und das war sein sehnlichster Wunsch, wollte dabei sein, wenn das Öl gewonnen wurde. Nur wo fand er so einen geheimen Platz. Hier in den alten Büchern jedenfalls nicht.

8. Wan

Wan seufzte, lehnte sich an den Abwaschtisch in den hinteren Räumen der Bar und holte tief Luft. Es war schon sehr beschwerlich für sie, sich in ihrem Zustand zu bewegen. Sie war jetzt im siebten Monat und hatte den entsprechenden Leibesumfang. Nun gut, dachte sie immer wieder, noch wenige Wochen, dann war das Problem überwunden, dann war sie wieder die alte Schönheit, auf die alle Kunden blickten. Letztlich war sie der Mamasan sogar dankbar dass man sie jetzt noch arbeiten lies, wenn auch nur als Küchenhilfe und Putzfrau. So hatte sie einen Schlafplatz, hatte zu essen. Sie dachte zurück an den Tag, an dem die jetzigen Probleme ihren Anfang nahmen.

Wan war spät dran an diesem Tag. Mit ihren neunzehn Jahren war sie das jüngste Girl in der Mango-Bar und hatte daher die Aufgabe, den Hausaltar oder besser gesagt das Geisterhaus jeden Morgen zu versorgen. Diese kleine Nachbildung eines Tempels stand auf einer Säule vor der Bar, geschmückt mit Girlanden und bunten Lichtern. Es war gestern spät geworden und nach der Arbeit wollte auch ihr Boyfriend noch seinen Spaß haben. So wurde es schon fast wieder hell als sie endlich Schlaf fand.

Sie schnitt das eingekaufte Obst sorgfältig in schöne Formen, stellte ein Schälchen Reis und ein paar Blüten dazu. Auch ein Gläschen Schnaps durfte nicht fehlen. Seit es einmal großen Ärger mit der Chefin gab weil sie den guten teuren schottischen Whiskey genommen hatte, gab es jetzt nur noch einheimischen Sangsong für die Hausgeister. Zusammen mit einer Handvoll Räucherstäbchen stellte sie alles in den Altar, kniete nieder und murmelte einige Gebete. Die Geister sollten es sich im Hausaltar gemütlich machen und die Bar verschonen. Gleichzeitig aber doch auch für gutes Gelingen und finanzkräftige Gäste sorgen.

Sie war in Gedanken nicht so ganz bei der Sache. Ihre Periode war seit fast drei Wochen überfällig. Sie war schon vier Wochen mit ihrem englischen Boyfriend zusammen. Klar, sie hatten immer Kondome benutzt, zumindest fast immer aber im Überschwang der Gefühle es eben doch schon mal vergessen. Und nun? Sie kannte solche Geschichten von ihren Kolleginnen aber dass es ihr auch passieren könnte, daran hatte sie nie gedacht. Nach und nach kamen die anderen Girls zur Arbeit. Jetzt waren noch keine Kunden da, deshalb erzählte sie ihrer Freundin Na von ihrem Problem.

„Heirate ihn", war deren spontaner Ratschlag.

„Wird er nicht wollen", gab sie zurück,

„hab ich schon mal vorsichtig angesprochen."

„Ja dann wirst du wohl wie alle anderen Mädchen auch, zu gegebener Zeit nach Hause in den Issan fahren und deiner Mama beichten dass die Familie Nachwuchs bekommt. Die wird sich sicher freuen auf ein weiteres Kind aufpassen zu dürfen. Du hast doch zwei Schwestern. Wie ist es mit denen?"

„Die haben auch je zwei Kinder bekommen und Mama sorgt für sie.

„Na prima, dann ist es ja eine große Familie."

Die Mamasan beziehungsweise die Chefin der Bar kam dazu.

„Problem?" fragte sie.

„Ich sehe es der Wan an dass sie Probleme hat. Was ist es denn? Bist du schwanger?"

Wan sah erstaunt auf:

„woher weiß du?"

„Kindchen, ich bin schon lange hier im Geschäft und dir sehe ich das Problem an der Nase an. Was können wir da tun. Abtreibung ist illegal und kostet viel Geld. Kannst du das auftreiben? Sicher nicht. Ist es von deinem englischen Boyfriend? Ihr seid ja schon eine ganze Zeit zusammen. Heiraten wird er dich auch nicht wollen. Oder! Beziehungsweise möchtest du ihn denn überhaupt?"

„Ja schon, ich mag ihn sehr gerne, er hat einen guten Job in England und..... Ja heiraten wäre toll."

„Wan, du weißt ich mag dich sehr gerne, ich sehe da eine Möglichkeit wie wir ihn dazu bringen dich zu heiraten. Lass uns nachher mal drüber reden. Jetzt nicht, da kommen gerade neue Gäste."

Es war nicht gerade ein Tag an dem die Bar von Kunden überquoll. Man hatte Low-Season, die Masse der Touristen kam erst in zwei bis drei Monaten. So war reichlich Zeit miteinander zu reden. Die Mamasan setzte sich zu Wan.

„Ich habe vor einiger Zeit ein Öl gekauft. Das ist nur sehr schwierig zu bekommen und auch wahnsinnig teuer. Dieses Öl kann wahre Wunder bewirken, kann schwere Krankheiten in kurzer Zeit heilen, dass hab ich selbst erlebt. Es kann aber auch bewirken dass dein Liebhaber in großer Leidenschaft und Liebe zu dir entflammt und dich unbedingt heiraten möchte, wenn du ihn damit betupfst. Ich werde dir einen Tropfen davon kostenlos geben, auch weil ich wissen möchte ob es funktioniert. Ich bin dafür zu alt um es selbst aus zu probieren. Ich werde dir morgen einen kleinen Plastikbeutel geben in dem ein Tupfer ist, auf den ich einen Tropfen Öl getan habe. Damit reibst du ihm in der Nacht, wenn er schläft, seine Brust ein. Dann werden wir mal abwarten ob das Zeug sein Geld wert ist. Natürlich nur wenn du möchtest."

Klar wollte Wan, keine Frage.

Am nächsten Tag übergab die Mamasan Wan ein kleines Plastikbeutelchen mit einem Tupfer, reichte es ihr wortlos mit einem bedeutungsvollen Lächeln.

An diesem Abend erschien ihr Liebhaber schon sehr früh in der Bar, wollte mit ihr essen gehen und bezahlte auch ohne zu zögern die übliche Barfine von dreihundert Baht. So wurde es es netter Abend, beste Voraussetzungen für das Gelingen ihres Vorhabens. Auch später im Schlafzimmer verlief alles zur beiderseitigen Zufriedenheit.

Wan konnte nicht einschlafen, lauschte voller Ungeduld darauf dass ihr Boyfriend endlich ein gleichmäßiges Atmen von sich gab. Nun schnell den Beutel aus der Handtasche, öffnen und behutsam mit dem Tupfer über die Haut streichen. Sie machte es immer und immer wieder um ganz sicher zu sein das das Öl auch auf seine Haut kam.

Sie wachte davon auf dass er sich schon am frühen Morgen an sie kuschelte und zu streicheln begann. Es wurde ein leidenschaftlicher Morgen an dem er mehrfach betonte, dass er sie sehr liebe und ob sie ihn nicht heiraten möchte. Voller Freunde sagte sie natürlich ja, ja, ja. Es war keine Frage, das Mittel hatte gewirkt, es war sogar ein voller Erfolg.

Wan war selig, beschloss heute nicht zur Arbeit zu gehen. So gegen Abend vielleicht aber dann als Gast, nicht als Bargirl. Die Zeiten waren ja nun endgültig vorbei. Jetzt hatte sie einen Versorger der für alles aufkam. Glück gehabt, dachte sie immer wieder. Die Freundinnen würden alle neidisch staunen. Ein Falang der sein Girl heiratet, der Traum aller Bargirls. Mama und Papa wollte sie vorerst nichts sagen. Das sollte eine große Überraschung werden. David hatte doch gesagt, die erste Reise die wir machen geht zu deinem Elternhaus.

Die Mamasan nickte zufrieden als sie von dem Erfolg erfuhr.

„Dann ist das Öl zwar immer noch sehr teuer, scheint aber sein Geld wert zu sein. Ich denke du wirst dich später mal erkenntlich zeigen."

Nach vier weiteren schönen Wochen flog David heim nach England. Papiere besorgen, Finanzen klären und so weiter. In vier Wochen wollte er zurück sein. Einige Zeit lang rief er regelmäßig an, schickte er noch Geld. Dann wurde der Kontakt seltener, das Geld blieb aus. Irgend etwas war dazwischen gekommen, so schrieb er, es würde sich alles verzögern. Wan brauchte nach einiger Zeit einen Job. Als Bargirl? Bei ihrer doch schon erkennbaren Rundung?

„Unmöglich." sagte die Mamasan.

„Du kannst als Putzfrau hier arbeiten, Gehalt kann ich dir aber nicht zahlen."

Eine Freundin, die einen Boyfriend aus England hatte der David kannte, berichtete Wan, dass ihr Lover verheiratet wäre und zwei Kinder hätte. Er dächte nicht dran dieses Verhältnis zu ändern.

Aus der Traum. Also doch heim in den Issan zur Familie.

9. Die Klinikidee

„Ist dir schon mal aufgefallen, das es hier auf Phuket eine Unzahl junger Mädchen gibt? Mehr als sonst wo in Thailand,"

fragte Bo Thanon als sie auf der Terrasse des neuen Hauses auf Phuket saßen. Bo war vor einiger Zeit mit einer Freundin nach Phuket gefahren und hatte sich umgesehen. Dort wollte sie wohnen. Vom Labor bis dort waren es einige Stunden mit dem Auto. Also schnell erreichbar. Andererseits weit genug weg vom Geschehen. Sie fand sehr schnell was sie suchte. Große Villen gibt es dort zur Genüge. Und auch günstig zu erwerben. Viele Geschäftsleute hatten sich übernommen und wollten ihr Anwesen wieder los werden. Da Bo Cash zahlte waren auch noch Rabatte drin. Er war schon eine tolle Villa, mit großem Grundstück und Meerblick, mit Pool und einem Torhaus für die Angestellten. Auch Thanon war angetan und stimmte zu. Das war erst drei Monate her.

„Klar, weiß doch jeder," antwortete Thanon,

„die kommen nach Phuket weil sie sonst keine Chance haben aus dem trostlosen Leben in der Provinz heraus zu kommen. Die kommen hierher, nicht nur um viel Geld zu verdienen, was ohnehin nicht klappt, sondern hauptsächlich um den Mann ihres Lebens oder besser gesagt, den Versorger ihres Lebens zu finden. Dafür nehmen sie auch in Kauf hier in den Bars ausgenommen zu werden und mit mehreren zusammen in einem Zimmer hinter der Bar zu hausen. Auch mit jedem Touristen zu schlafen der sie haben will und dafür bezahlt. Wie gesagt, weiß man doch."

„Ja, und viele von denen werden schwanger und fahren, wenn es Zeit wird, zurück in den Issan oder sonst wo hin und erfreuen die Mama, ich meine die Mama von der neuen Mama, mit einem neuen Familienmitglied."

„So ist es. Für Abtreibungen haben sie kein Geld. Sonst würden sie es tun, auch wenn es verboten ist", antwortete Thanon.

„Andererseits gibt es viele Paare die gerne ein Kind adoptieren würden, habe ich gelesen," fuhr Bo weiter fort.

„Besonders in Amerika und Japan ist eine große Nachfrage. Könnte man da nicht was tun? Am Besten ohne den ganzen bürokratischen Aufwand? Ich hab da eine Idee."

Thanon wurde stutzig. Wenn Bo so anfing hatte sie einen Plan, meist einen ungewöhnlichen Plan. Und der war jedes mal ziemlich weit gediehen um nicht zu sagen schon fix und fertig. So auch diesmal.

„Man könnte doch eine Klinik aufbauen, in die die Mädels kommen, entbinden, für die alles umsonst, man gibt ihnen nur ein Taschengeld und ein paar Medikamente und vermittelt die Babys dann an interessierte Adoptiveltern. Die dürfen natürlich ordentlich bezahlen. Wenn mal etwas schief geht und Babys tot geboren werden, können wir sie gleich in unserem Labor weiter verarbeiten. Was hältst du davon?"

„Ehrlich gesagt nicht viel. Wir haben mit dem Labor genug Arbeit da brauchen wir nicht noch zusätzlich eine Entbindungsklinik."

„Nein, im Gegenteil. Ich möchte uns entlasten. Wir haben ein Citybüro für den Verkauf unserer Medikamente und des Öls. Ich hab schon mit meiner Freundin Chao gesprochen. Die macht jetzt den Verkauf. Sie ist ohnehin nicht ausgelastet. Daher kann sie gleichzeitig dann die Beratung der Schwangeren und die Organisation für die Klinik mit übernehmen. Als Klinik brauchen wir ein paar Räume außerhalb der Stadt. Ist unauffälliger. Einen Arzt hab ich auch schon. Der kommt immer nur dann wenn Bedarf ist. Sonst arbeitet er woanders. Ist wirklich kein Problem das Ganze."

„Wenn du meinst," sagte Thanon, begeistert war er jedoch nicht.

„Ich möchte damit aber nichts zu tun haben," setzte er noch hinzu.

Bo machte sich unverzüglich ans Werk. Organisierte den geplanten Ablauf, soweit sie es nicht ohnehin schon vorbereitet hatte. Außerdem sorgte sie dafür das eine bestimmte Telefonnummer bei den Mädels in den Bars bekannt wurde. Geheimnisvoll, verschwiegen, unter der Hand. Es wirkte. Schon nach kurzer Zeit kamen Anfragen.

Die Ölproduktion war ein Volltreffer. Insgesamt lief der ganze Betrieb von Anfang an hervorragend. Sombat war ein sehr guter Betriebsleiter, hatte die Sache voll im Griff. Anlaufschwierigkeiten gab es nur kurz am Anfang als die Anlieferung nur stockend erfolgte. Auch die Herstellung der Tees und anderer Naturheilprodukte als auch die der Stärkungspillen funktionierten. Die Champignonzucht hatte man nach kurzer Zeit aufgegeben, war ohnehin nur als Alibi gedacht. Der Transport erwies sich als zu aufwändig und auch als eventuell gefährlich. Man hätte da die Lieferwege ohne großen Aufwand nachvollziehen können. Die Stärkungspillen wurden über die grüne Grenze nach Myanmar gebracht und von dort aus wieder eingeführt. Ganz legal als Naturheilmittel. Da machte der Zoll keine Probleme und man konnte die Herkunft problemlos verschleiern. Für den Fall der Fälle. Aber das Hauptgeschäft war das Heilöl. Es brachte auch den höchsten Gewinn.

Bo und Thanon waren nur noch selten im Labor, kümmerten sich um Rohmaterial und Vertrieb. Thanon war absolut zufrieden, Bo jedoch wollte mehr:

„Wir können die Produktion problemlos noch steigern, Kapazitäten haben wir genug. Sowohl an Leuten wie auch an Geräten. Es muss nur mehr Material angeschafft werden.

Thanon verstand zwar den Wink, hatte aber keine Ambitionen sich dafür zu engagieren. Vergaß die Aufforderung lieber. Es ging ihnen doch blendend. Wozu also.

Bei einem Besuch im Labor einige Zeit später fiel ihm auf das Sombat nicht mehr so ausgeglichen wirkte wie bisher. Machte Andeutungen aus dem Betrieb aus zu steigen und sich eine Farm im Norden Thailands zu kaufen.

„Gemüse züchten, etwas wachsen lassen," sagte er leise.

Thanon merkte auf aber mehr wollte Sombat nicht erzählen.

„War nur mal so eine Idee, vielleicht später mal," sagte er schnell dazu.

Thanon wusste das es gefährlich sein könnte wenn Sombat den Betrieb verließe. Er wusste zu viel, er wusste eigentlich alles. Nun war es nicht unbedingt kriminell was sie hier taten, halt nur hart am Rande der Legalität.

Er sprach mit Bo darüber.

„Der hat Gewissenskonflikte," sagte die.

„Ja aber warum jetzt? Er macht doch die gleiche Arbeit schon sehr lange."

„Vielleicht ist ihm aufgefallen das die Lieferungen aus der Entbindungsklinik zugenommen haben".

„Was heißt das?"

„Nun ja, die Sache mit den Adoptionen gestaltete sich zunehmend schwierig. Zu viele Papiere sind nötig, zu viele dumme Fragen zu beantworten. Lief nicht so wie ich dachte. Die Klinik habe ich beibehalten, die Adoptionen aber eingestellt."

„Heißt das etwa"?

Thanon sprang auf und lief aufgeregt umher.

„Jetzt verstehe ich Sombat´s Probleme. Da hast uns ganz schön was eingebrockt. Bisher war es noch einigermaßen legal was wir tun, nun ist es kriminell geworden."

Er schmiss sich wieder in seinen Sessel.

„Reg dich nicht auf", antwortete Bo.

„Nichts hat sich geändert. Alles läuft wie bisher und Sombat weiß von gar nichts. Er vermutet nur und diese Vermutung müssen wir ihm ausreden. Das ist alles. Die Sache ist absolut sicher. Alle Beteiligten verdienen außerordentlich gut dabei und die werden sich hüten etwas zu verraten. Beruhige dich."

Ein paar Wochen später erhielten sie einen Anruf vom stellvertretenden Betriebsleiter. Sombat wäre verschwunden und niemand wüsste wohin. Thanon bemühte sich ruhig zu bleiben obwohl er außer sich war. Genau wie befürchtet. Was würde Sombat jetzt tun? Er war zwar ein loyaler Mitarbeiter gewesen aber wenn es um das Seelenheil ging, um das Karma, dann konnte man niemanden trauen. Das war seine Erkenntnis. Er musste ihn finden.

Der Betrieb im Labor lief weiter wie gewohnt. Der Stellvertreter war in die Produktionsgeheimnisse eingeweiht, in fast alle. Den Rest erklärte Bo ihm mit dem Zusatz:

„Du weißt jetzt Bescheid. Wenn du Probleme machst geht es dir schlecht. Darauf kannst du dich verlassen."

„Nein, nein, ihr könnt euch auf mich verlassen," waren seine Wort. Insbesondere freute er sich auf sein neues, bedeutend höheres Gehalt. Das sein Posten riskant werden könnte war ihn durchaus bewusst. Er würde sich bemühen keine Probleme zu machen.

10. Thanon Tseratsh

Thanon Tseratsh, genannt der Boss, hatte sehr lange gebraucht bis er den augenblicklichen Aufenthaltsort seines ehemaligen Laborleiters in Erfahrung gebracht hatte, trotz seiner guten Beziehungen in Myanmar und in Thailand. Er war einfach verschwunden. Mitarbeitern hatte er gesagt er wolle aussteigen, er könne die Belastungen aus seinem Job nicht länger ertragen. Außerdem hätte er damit so viel Sünden auf sich geladen dass er unbedingt etwas für sein Seelenheil und für sein weiteres Leben, beziehungsweise für sein nächstes Leben, tun müsse. Diese Äußerung legte die Vermutung nahe dass er jetzt in einem Kloster leben würde. Das Problem war, befürchtete der Boss, sein Mitarbeiter würde Geheimnisse ihrer Produktion verraten, an Konkurrenten beziehungsweise an die Polizei. Es war eben nicht immer alles gesetzestreu was man machte insbesondere in der letzten Zeit.

Mühsam hatte der Boss die einzelnen Etappen nachverfolgen können, in denen sein Werksleiter sich aufgehalten hatte. Kloster war schon richtig. Aber er hatte mehrfach gewechselt. Wohl auch um Spuren zu verwischen. Jetzt sollte er im Wat auf Kho Kaeo leben. Auf Kho Kaeo leben nur Mönche, es gab keinen regelmäßigen Personentransport dorthin. Wer die Insel besuchen wollte musste sich ein Longtail mieten und sich vom Strand des Ortes hinüber fahren lassen. Dann wusste natürlich auch jeder, im Ort und auf der Insel, über diesen Besuch Bescheid. Nein, das ging so nicht, sein Besuch musste unerkannt bleiben. Da bot sich der Tag der offenen Tür, der wie jedes Jahr auch morgen stattfand, natürlich ideal an. Tausende würden mit den kostenlosen Booten rüber fahren, zu feiern, zu essen und um die Andacht zu hören.

Schon sehr früh am Morgen saß der Boss in einem Boot, zusammen mit vielen anderen. Dort angekommen machte er sich auf die Suche nach seinem ehemaligen Mitarbeiter.

Fragte sich durch, gab sich als Verwandter aus und fand ihn letztlich auch in einer kleinen Hütte nahe der Küste.

„Hallo Sombat," begrüßte er ihn als er eintrat.

Der sah erschrocken hoch als er die ihm nur zu gut bekannte Stimme vernahm.

„Es war nicht nett von dir so einfach ohne Abschiedsgruß zu verschwinden und uns mit der ganzen Arbeit alleine zu lassen. Ich musste die Leitung alleine übernehmen, sehr mühsam. Schließlich warst du ja ein guter Mitarbeiter."

Sombat zupfte verlegen an seinem gelben Umhang:

„Ich konnte nicht mehr, war einfach fertig, ausgebrannt. Die Belastung, die seelische, war einfach zu groß. Zuletzt hab ich kaum noch geschlafen, hab immer Stimmen gehört, feine, dünne Stimmchen die flüsterten:

„warum, warum wir, wir sind doch unschuldig."

„Dummes Zeug," fuhr der Boss dazwischen,

„das war wohl eher der Whisky der dir zu Kopf gestiegen ist. Verstehe das die Einsamkeit dort im Labor nicht einfach zu ertragen ist aber dafür gab´s ja auch reichlich Freizeit, die du bei deinem fürstlichen Gehalt auch ausführlich genossen hast. Und nun? Geht es dir jetzt besser, nachdem du Zeit genug zum Meditieren hattest?"

„Besser schon aber ich denke Ruhe habe ich erst wenn das Labor geschlossen wird. Mach es doch so wie ich, komm hierher, meditiere und bereite dich mit guten Taten auf dein nächstes Leben vor."

„Wem hast du von unserer Fabrikation erzählt?", wollte der Boss wissen.

„Niemandem, ganz bestimmt, ich habe niemandem von unserem Labor in den Bergen erzählt. Das kannst du mir glauben."

Der Boss hatte verstanden, Sombat wollte das Labor an die Behörden verraten und die würden den ganzen Laden hochgehen lassen, und ihn dazu. Er hatte absolut keine Lust, den Rest seines Lebens weder im Wat noch im Gefängnis zu verbringen

„Lass uns nach draußen gehen," schlug er vor,

„hier in der Hütte ist es zu heiß. Draußen weht ein frischer Wind, der wird uns gut tun."

Sombat schlug den Weg zur Küste ein, zu den Klippen auf denen er gerne saß und über das Meer schaute.

„Du willst mich also verraten, nicht wahr mein alter Freund," sagte der Boss ganz leise und wie Sombat wusste war der dann sehr gefährlich. Er blieb stehen drehte sich um als ihn der Tritt gegen die Beine traf. Er trat einen Schritt zurück, trat ins Leere und fiel lautlos, mit offenem Mund hinten über. Er schlug noch zweimal auf die Felsen auf, dann packte ihn die Brandungswelle und zog ihn unter Wasser. Nach einer geraumen Weile tauchte sein Körper wieder auf und wurde vom ablaufenden Wasser in die Weite des Meeres gezogen. Noch eine ganze Zeit blickte der Boss dem orangefarbenen Fleck hinterher, dann war auch der verschwunden. Zufrieden nickte er, wand sich in Richtung der Gebetshalle, um dort in der Masse der Andächtigen unter zu tauchen. Niemand hatte ihn gesehen, so dachte er. Aber auf so einer kleinen Insel, bleibt nichts geheim und der Abt erfährt die Dinge als erster.

11. Die Haushälterin

Als die Polizisten gingen, blickte Bo Ankan Sumtoma, die sich gerade als Haushälterin bezeichnet hatte, ihnen noch eine Weile hinterher, bis sie die Auffahrt durch das Tor verließen. Dann atmete sie tief durch und ging ins Haus zurück. Nein, es berührte sie nicht sonderlich, das Thanon nun nicht mehr heimkommen würde. Genau genommen war es ihr sogar ganz recht. Er war viele Jahre ihr Lebenspartner, Geliebter, Geschäftspartner gewesen. Ja, eigentlich hatten ihre Geschäftsbeziehungen immer im Vordergrund gestanden, in letzter Zeit waren es aber ausschließlich die Geschäfte, die sie noch verbanden. Nun war sie die Chefin, konnte nach ihren Vorstellungen schalten und walten. Eine Frau als Boss hatte sogar gewisse Vorteile. Zwar waren die Männer die Klügeren, machten die besseren Deals, so meinten sie jedenfalls. Als Frau hatte sie schon einen gewaltigen Vorteil weil viele sie unterschätzen würden. Außerdem würde kein Mann ihr bei heftigen Auseinandersetzungen etwas antun.

Über ihre gemeinsame Firma wusste sie bestens Bescheid. Erstens hatte man auch bisher alle Entscheidungen gemeinsam getroffen, zum Zweiten hatte sie für den Fall der Fälle schon etwas vorgesorgt, hatte wichtige Papiere kopiert und an einem sicheren Ort verwahrt, hatte sich auch bei Geschäftspartnern schon als der kommende Boss bekannt gemacht. Schließlich war Thanon nicht mehr der Jüngste und bei Auseinandersetzungen mit Konkurrenten konnte schon mal was passieren. Im Übrigen gab es nicht sehr viel schriftliches Material, keine großen Akten. Das ließ die Art ihrer Unternehmung nicht zu. Die Deals machte man mündlich. Sie müsste kurzfristig über die gesamte Organisation nachdenken. Das wäre im Augenblick das Wichtigste.

Und was den Liebhaber betraf, nun ja. Er war nicht schlecht gewesen, sie hatten viel Spaß mit einander gehabt, aber in letzter Zeit......

Sie war eine attraktive Frau, hatte Geld, konnte sich hervorragend präsentieren, Nein es war kein Problem ihn zu ersetzen. Außerdem hatte sie und wie sie wusste auch er, schon mehrfach so kleine Affairen gehabt.

Nein, was ihr Sorgen machte war die Art wie er ums Leben gekommen war. Pistole oder Messer, ok, das war normal in ihrem Geschäft, aber eine ominöse rote Flüssigkeit die alles verschlingt und sich dann auch noch selbst davon macht? Wer oder was steckte dahinter. Sie wusste das er nach Kho Kaeo gefahren war, wollte dort einen geheimnisvollen neuen Geschäftspartner treffen. Dort in dem Gewühle des Tages der offene Tür war es sehr unauffällig. Irgend etwas musste passiert sein. Ob er den neuen Partner überhaupt gesprochen hatte, wusste sie natürlich auch nicht.

Ja, diese Sache machte ihr richtig Angst.

Sie ging an die Hausbar, goss sich einen Drink ein und setzte sich auf die Terrasse um ab zu schalten. Jedoch, es wollte ihr nicht so recht gelingen.

„Die Firma," ging es ihr im Kopf herum,

„ich muss die Firma sichern. Am Besten ich kümmere mich gleich drum und fahre hinaus zum Labor. In der Klinik läuft alles nach Wunsch, außerdem ist dort zur Zeit nichts los, ebenso im Stadtbüro."

Sie rief den Hausverwalter zu sich, der mit seiner Frau als tatsächliche Haushälterin im Torhaus wohnte.

„Ich fahre für einige Zeit weg, weiß noch nicht genau wann ich zurück bin. Lasst niemanden ins Haus, auch die Polizei nicht, es sei denn sie haben einen offiziellen Durchsuchungsbefehl. Aber dann will ich sofort angerufen werden und mit ihnen sprechen."

Der Verwalter nickte eifrig. Sie wusste, auf ihn war Verlass. Er wurde sehr gut bezahlt, aber wenn etwas nicht nach ihrem Wunsch lief, war er auch ganz schnell wieder auf der Straße. So was ging hier ruck zuck, dazu bedurfte es keinerlei Verträge. Das Wort genügte. Dann packte sie einige Sachen zusammen, überlegte einen kurzen Moment welchen Wagen sie nehmen sollte und griff dann nach dem Schlüssel für den Toyota, den mit Allradantrieb. Die letzten fünf Kilometer vor dem Labor hatten es in sich, da war ein Geländewagen die bessere Wahl. Sie war zwar längere Zeit nicht dort gewesen, das hatte ihr Geschäftspartner erledigt aber der Weg war sicher nicht besser geworden. Sollte er auch nicht, man wollte keine fremden Leute in der Umgebung haben. Da war ein abschreckender Weg ganz hilfreich.

Der Straßenverkehr in Phuket Town war wieder eine Katastrophe, mittlerweile zu fast jeder Tageszeit, stellte sie fest. Wenn man erst die Abzweigung zum Flugplatz erreicht hatte, lief alles ganz relaxt. Endlich hatte sie die Polizeistation an der Nordseite der Insel erreicht und fuhr kurz darauf über die Thao Threp Krasattri Bridge zum Festland hinüber. Hier war die vierspurige Straße kaum befahren. Noch einige große Trucks aber die würden nach wenigen Kilometern auch nach Osten abbiegen um die schnelle Verbindung über Phang Nga nach Bangkok zu nehmen. Es war ein entspanntes Dahingleiten. Der große Diesel schnurrte zufrieden, die Klimaanlage arbeitete hervorragend, sie hatte ihre Lieblingsband Logo gewählt. Alles im grünen Bereich, bis auf......

Der helle Wagen hinter ihr war ihr schon vor der Brücke aufgefallen, jetzt war sie sich fast sicher, dass er ihr folgte. Sie fuhr auf die Standspur und hielt an. Der helle Wagen mit entsprechendem Abstand ebenfalls. Nun gab es keinen Zweifel mehr. Sie schaltete den Rückwärtsgang ein und fuhr so schnell sie konnte auf das Auto zu und hielt erst kurz davor mit quietschenden Reifen. Der Verfolger machte keine Anzeichen weg zu fahren. Sie griff zu ihrer Handtasche, öffnete das Portemonnaie und nahm einen 500 Baht Schein heraus. Dann stieg sie aus und ging zu dem Wagen hinter ihr. Erst nach dreimaligem klopfen öffnete sich die Scheibe um einen kleinen Spalt. Drinnen zwei Männer mit Sonnenbrille, trotz der dunklen Scheiben und mit Mundschutz. Den hatte man offensichtlich ganz schnell angelegt. Man wollte nicht erkannt werden. Sie schob den Geldschein durch den Schlitz.

„Hallo Boys, macht euch einen schönen Tag, geht gemütlich essen. Sagt eurem Chef ich drehe jetzt um und fahre zurück."

Damit stieg sie wieder in ihren Wagen, wendete am nahegelegenen U-Turn und fuhr wieder in Richtung Phuket. Sie sah den hellen Wagen auf der Gegenfahrbahn stehen als sie vorbeifuhr. Die Jungs hatte ihre Aufforderung anscheinend verstanden. Bei der nächsten Abzweigung bog sie von der Hauptstraße ab und nahm die Landstraße 3006 an der Küste entlang nach Norden. Sie dachte nicht im Traum daran umzudrehen. Nach circa zwanzig Kilometern könnte sie wieder auf die Hauptstraße abbiegen. Hier war so gut wie kein Verkehr mehr. Einige Baustellenfahrzeuge kamen ihr entgegen. Es wurden zahlreiche neue Hotelanlagen hier direkt am Strand gebaut. Der letzte Tsunami mit achttausend Toten hier in der Region hatte wohl keinen nachhaltigen Eindruck hinterlassen. Nur zwanzig Kilometer weiter konnte man neben der Hauptstraße immer noch einen drastischen Eindruck von der Kraft der letzten Tszunamiwelle bekommen. Dort liegt auf einem Hügel das Polizeipatrouillenboot, dass den Enkel des Königs beim Surfen bewachen sollte. Die Leiche des Enkels fand man einige Tage nach dem Unglück, einer der Polizisten überlebte schwerverletzt, die anderen beiden sah man nie wieder. Das Boot hat man als Mahnmal so liegen lassen wie man es vorfand. Es ist zwei Kilometer von der Küste entfernt.

Beim Hinweisschild - Hot Spring Resort 2 km – nahm sie den Fuß vom Gas. Es war jetzt später Nachmittag. Bis zum Labor würde sie es bei Tageslicht nicht mehr schaffen und den Weg bei Dunkelheit? Lieber nicht. So bog sie kurzentschlossen ab, nahm sich im Resort ein Zimmer. Eine schöne gepflegte Anlage die sich um die verschieden temperierten Becken der heißen Quelle gruppierte. Sie nahm ein Zimmer mit Meerblick, wollte dem üblichen Trubel am Pool entgehen. Allerdings würde der sich bei fünf Pkws und einem Bus auf dem Parkplatz wohl in Grenzen halten. Ein Boy fuhr sie im Golfcart zu ihrem Appartement. Als sie auf den Balkon trat schickte sich der Sonnenball gerade an, das Meer zu küssen. Die Stratosphärenwolken darüber wurden erst golden angestrahlt, dann rötlich und zum Schluss dunkelrot. Dunkelrot wie die Flüssigkeit im Wat Kho Kaeo. Nein, dachte sie erschreckt, nein nicht schon wieder.

Sie ging ins Bad, schminkte sich sorgfältig und wählte dann das kurze weiße Kleid. Es war sehr kurz aber bei ihren Beinen konnte sie es sich leisten. Dazu hohe Pumps. Sie drehte sich vor dem Spiegel hin und her.

„Wolln wir doch mal sehen." murmelte sie, prüfte ihr Lächeln und schlug den Weg zur Bar ein.

Dort war niemand außer dem Barkeeper. Aber wie es wohl überall auf der Welt ähnlich ist, eine Lady sitzt selten lange alleine dort. So auch hier. An der Bar kann man mit jedem reden, deshalb geht man ja auch dort hin. Im Bus war eine Gruppe angereist, die zu einem Seminar in Bangkok war und nur auf dem Heimweg nach Khuala Lumpur einen Übernachtungsstopp einlegte. Man balzte um sie herum , lud sie zum Essen und zu weiteren Drinks ein. Es wurde ein ganz netter Abend und dann? Sollte sie? Oder lieber nicht? Letztlich zog sie es doch vor alleine zu schlafen. Die Erlebnisse des Tages waren einfach noch zu frisch. Aber in ihrer Anziehungskraft fühlte sie sich doch gestärkt.

Am nächsten Morgen setzte sie ihre Fahrt fort, durchquerte später Ranong und bog dann ab auf eine Landstraße die direkt in die Berge führte. Es war ein schmales, langes Seitental in dem kaum Verkehr herrschte. Dann, als die Straße eine scharfe Linkskurve machte bog sie rechts ab auf einen unscheinbaren staubigen Weg. Nach knapp zweihundert Metern eine geschlossene Schranke und etwas erhöht ein kleines Wachhaus. Zwei Männer kamen sofort heraus als sie den Wagen hörten und gestikulierten, deuteten an dass sie hier nicht passieren könne. Bo drehte die Seitenscheibe runter und nahm die Sonnenbrille ab. Sofort änderte sich das Verhalten der beiden Wachleute.

„Entschuldigung, wir wussten nicht....“

„Schon gut,“ sagte Bo,

„ihr sollt ja auch nur euren Job machen.“

Die Schranke hob sich und Bo konnte weiterfahren. Der Weg war schmal, kurvenreich und teilweise steil. Dann tauchte das markante Wahrzeichen ihres Labors auf. Vor dem Eingang stand der Betriebsleiter mit einigen weiteren Leuten. Man hatte ihn vom Wachhaus natürlich benachrichtigt. Er war etwas erstaunt Bo zu sehen und nicht den Boss.

„Ich bin nun euer Boss“, sagte Bo.

„Damit ihr gleich richtig seht. Der alte Boss hat sich davongemacht. Ich möchte heute mal alles überprüfen hier und dann überlegen was wir besser machen können. Ich hab da schon ein paar gute Ideen. Auf jeden Fall wird sich hier einiges ändern, darauf könnt ihr euch schon einstellen. Nun führt mich mal durch den Laden.“

12. Boss Bo

Bo lies sich Zeit, schaute wirklich in alle Ecken, verfolgte die Effektivität der Produktion, den Einsatz der Arbeiter und stellte danach fest, es gab wenig zu verbessern. Der Laden lief wirklich gut. Sie hatte den stellvertretenden Betriebsleiter als neuen Chef benannt. Der hatte die Sache gut im Griff, tat was man ihm sagte. Mehr aber auch nicht. Kreativ war er absolut nicht aber zuverlässig. Bo stellte fest das sie wohl in der nächsten Zeit mehr gefordert sein würde als bisher. Und sie war fest entschlossen mehr aus dem Labor heraus zu holen. Neue Ideen mussten her oder gar der eine oder andere Partner.

Zuerst aber brauchte sie hier eine vernünftige Wohnung. Es waren Leute genug da, beziehungsweise es konnten zusätzliche Fachleute eingestellt werden. Ideen zu einem Appartement oben im Felsen hatte sie selbst. Es konnte also gleich losgehen.

 Bo hatte sich zum Nachdenken in das Hot-Spring-Resort zurück gezogen. Die Einsamkeit des Labors ging ihr auf die Nerven und Gesprächspartner hatte sie dort auch nicht. Zuerst wollte sie den Nachlass von Thanon sichten, seine Notizen überprüfen, auch wenn diese in seinem Notizbuch sehr spärlich waren. Viele Telefonnummern ohne Namen dahinter beziehungsweise Namen von Leuten die sie ohnehin kannte. Sein Handy konnte sie nicht nutzen, das war immer noch bei der Polizei.

Eine Notiz fiel ihr auf: John Vajakorn, Laos! Dahinter eine thailändische Telefonnummer.

Laos und ein Ausrufezeichen? Konnte interessant sein. Das Thanon seine Fühler anscheinend nach Laos ausgestreckt hatte ließ Bo schmunzeln. Manchmal hatte sie doch die gleichen Ideen gehabt. Am nächsten Tag rief sie die Nummer an. Es meldete sich eine sanfte Stimme mit:

„Hallo."

„Spreche ich mit John Vajakorn?" fragte Bo .

„Ja," kam die Antwort, diesmal etwas forscher,

„Was kann ich für dich tun?"

„Ich habe deinen Namen und diese Telefonnummer im Notizbuch von Thanon Tserasch gefunden. Ich bin seine Lebensgefährtin".

„Ja ich erinnere mich, wir haben vor einiger Zeit telefoniert. Es ging da um die Herstellung von Naturheilmittel. Er wollte sich wieder melden."

„Das kann er leider nicht, er ist vor kurzem auf mysteriöse Weise ums Leben gekommen. Ich führe jetzt die Firma. Weshalb hat er dich denn angerufen?"

„Oh, das tut mir leid. Es war so dass ich Kontakt mit ihm aufgenommen habe. Ich hatte die Nummer von Freunden, die wussten das ich auf der Suche nach einem neuen Job bin. Ich habe in der Pharmazie gearbeitet und war einige Jahre technischer Leiter einer Klinik in Udon Thani. Deshalb meinten meine Freunde, Thanon könnte mir vielleicht weiter helfen oder einen Tip geben. Das hat ja nun leider nicht geklappt. Du sagtest er wäre auf mysteriöse Weise ums Leben gekommen? Was ist denn da passiert?"

„Darüber möchte ich nicht reden aber vielleicht können wir ja zusammen kommen. Ich hatte mit Thanon schon länger überlegt unsere Produktion aus zu weiten. Hinter deinem Namen stand Laos. Dieses ist aber eine thailändische Telefonnummer."

„Ja, das stimmt. Ich habe einen laotischen Pass, bin aber sehr häufig in Thailand und habe ja dort auch gearbeitet."

„Nun, in Laos eine Filiale auf zu bauen könnte durchaus interessant für mich sein. Wir sollten uns darüber einmal ausführlich unterhalten. Ich melde mich wieder."

Nicht uninteressant dachte Bo als sie auflegte. In Nordthailand brauche ich niemanden aber in Laos wäre es sicher sinnvoll. Ich muss allerdings vorsichtig sein damit mir keiner ins Geschäft rein redet oder gar Geschäfte auf eigene Rechnung macht.

Sie telefonierten noch mehrfach in der nächsten Zeit bevor Bo meinte es sei an der Zeit sich persönlich kennen zu lernen. John schlug Nong Kai als Treffpunkt vor, ein kleiner Ort direkt an der Brücke über den Mekong. Dort könnte er Bo auch gleich zeigen wie man Waren ohne Zoll von Laos nach Thailand bringen könnte. Air Asia brachte sie von Phuket nach Udon Thani und von dort waren es nur 40 Taximinuten nach Nong Kai. Ihr Hotel lag direkt am Ufer mit Blick hinüber nach Laos.

Zum verabredeten Zeitpunkt begab sie sich in die Bar des Hauses. Als sie sich suchend umschaute kam eine attraktive Dame in einem eleganten Hosenanzug auf sie zu und sagte mit betörendem Lächeln:

„Bist du Bo? Ich bin John Vajakorn. Hier allerdings bin ich Pia". Damit drehte sie sich tänzelnd im Kreis.

„Ich bin Kathoi, Ladyboy", sagte sie.

„Bist du nun geschockt?"

Bo war geschockt, damit hatte sie nun nicht gerechnet.

„Ich habe dir absichtlich nichts gesagt", fuhr Pia fort,

„Wollte deine Reaktion sehen."

Bo hatte sich wieder gefangen.

„Gut, schon überraschend aber es muss ja nichts an unseren Plänen ändern."

„Richtig, in Laos ist es schwieriger für mich, da wird man schon angefeindet. Hier in Thailand kann ich mich so geben wie ich mag. Ich habe einen laotischen Pass auf den Namen John Vajakorn. Dort bin ich auch geboren. Ich habe aber auch einen thailändischen Pass auf den Namen Pia Vajakorn. Den hab ich über die üblichen Kanäle bekommen, du verstehst?"

Natürlich verstand Bo, in Thailand ist eben alles käuflich, wenn der Preis stimmt.

„Wenn ich in Laos zum Amt muss habe ich mich vorher als Mann zu verkleiden. Da kennen die keinen Spaß. Hier ist es den Behörden egal wie man sich gibt. Aber lass uns erst mal einen Drink nehmen bevor wir zum Dinner gehen. Ich hab im Restaurant einen Tisch reserviert. Ich hoffe es ist recht?"

Beim Mai Thai und dem anschießenden Essen plauderten sie über alle möglichen Dinge, hauptsächlich um sich besser kennen zu lernen. Über das Geschäftliche nur so am Rande. Das Essen war ok. Wenn auch nicht besonders gut. Nun was sollte man hier am nördlichen Ende des Landes auch erwarten. Nach den Drinks und dem Wein zum Essen merke Bo doch sehr schnell das es Zeit war aufs Zimmer zu gehen, ihr Alkoholpegel war reichlich hoch. Pia ließ die Rechnung aufs Zimmer buchen, auf welches hatte Bo nicht registriert.

„Ich begleite dich noch aufs Zimmer," sagte Pia.

„Da können wir über den Fluss nach Laos blicken und ich kann dir zeigen wie wir Waren ohne Zoll über die Grenze bringen."

Im Zimmer zog sie die Vorhänge zurück und so lag der breite Mekong im Dunkeln vor ihnen. Allerdings war an der Pier noch jede Menge Betrieb. Lastwagen kamen und wurden entladen, die Waren über den Steg auf kleine Flussschiffe getragen und auch auf der anderen Seite, der laotischen, war die gleiche Hektik zu erahnen. Meist waren es Plastikwaren die dort transportiert wurden, Schüsseln, Eimer, Tische, Stühle aber auch Elektrogeräte wie Fernseher, Herde und Kühlschränke.

„Du fragst dich sicher warum man diesen aufwändigen Transportweg nimmt, wo doch da hinten die schöne neue Brücke ist. Nun die Gebühren sind hier um einiges günstiger, zwar illegal aber wen störts. Und, besonders wichtig, niemand kontrolliert was hier transportiert wird. Du kann sicher sein das der Wein den wir vorhin getrunken haben auch schon diesen Weg gegangen ist. Die wichtigen Leute werden geschmiert und alle sind zufrieden. Manchmal macht man mit viel Tamtam eine große Razzia. Die ist aber allen schon vorher bekannt. Insofern kommt nichts dabei raus, man schnappt ein paar kleine armen Schlucker, die man pro forma erwischt und nach ein paar Tagen wieder laufen lässt. Bei denen ist ohnehin nichts zu holen."

Und nach einer kleinen Pause:

„Auch unsere Ampullen würden dann so rüber gebracht."

Bei dem Wort Ampullen wurde Bo stutzig. Sie hatte das Wort doch gar nicht erwähnt. Wusste Pia mehr als sie zugab? Aber Unsinn, dachte sie gleich darauf, ist doch logisch, wie soll man das Öl sonst transportieren, sicher nicht in Plastikkanistern.

Sie standen eine lange Zeit neben einander am Fenster. Mehr oder weniger zufällig berührten sie sich dabei, fassten nach, lagen sich unverhofft in den Armen und küssten sich leidenschaftlich. Schwer atmend zog Pia Bo rüber zum Bett, riss ihr die Kleider vom Körper und warf sich dann auf sie. Bo ließ alles über sich geschehen, war erschrocken und gleichzeitig begierig auf das was kommen würde.

Bo wachte auf als die Sonne schon über den Mekong blickte. Sie war alleine. Auf dem Nachttisch lag ein Zettel:

„Sehe dich um Neun beim Frühstück."

Pia wartete in der Halle des Hotels. Sie lächelte verschmitzt:

„Schlechtes Gewissen?"

„Ja," sagte Bo, „Auch wenn es mir sehr gefallen hat."

Pia zog sie nach draußen

„Wir gehen zum Frühstück auf die Promenade, da ist es netter als hier und das Frühstück ist auch besser, so richtig thailändisch."

Sie frühstückten lange und ausführlich und besprachen dabei die Möglichkeiten einer Zusammenarbeit. Danach brachte Pia Bo zum Flugplatz in Udon Thani. Auf dem Flug überlegte Bo wie sie ihre Produktion mit Pia ausweiten könnte ohne allzu viel von ihren Geschäftsgeheimnissen preis geben zu müssen. Sie überlegte ihr die Herstellung eines Rohmaterials schmackhaft zu machen. Das würde Pia zu Bo schicken, die es dann im Labor zum Heilöl weiter bearbeiten würde. Dafür würde man einen festen Preis vereinbaren. Wenn Pia Heilöl in Laos verkaufen wollte könnte sie diese dann von Pia zurück erwerbe. Natürlich zu einen günstigeren Preis. Auf jeden Fall wollte Bo die volle Kontrolle über ihr Labor und die weiteren Geschäftszweige behalten. Deshalb sollte Pia auch vom Labor ferngehalten werden. So ganz traute sie ihr nicht über den Weg. Also äußerste Vorsicht. Als sie wieder in Phuket war stand ihr Plan fest.

Pia war mit dem Ergebnis des Treffens sehr zufrieden. Sie war zuversichtlich in absehbarer Zeit Bo´s ganzen Betrieb unter ihre Aufsicht zu bekommen. Dabei zählte sie weniger auf ihr kaufmännisches Geschick als auf ihre erotische Ausstrahlung. Das hatte ja gestern auch sehr gut funktioniert. Genauso wie vor einiger Zeit bei Thanon.

Bei Major Kitichai Namsochit klingelte das Telefon.

„Hier ist Lung," sagte die Stimme am anderen Ende.

„Du hattest mich vor einiger Zeit mal gefragt ob wir den Unbekannten von Kho Kaeo kennen würden. Also er ist hier bekannt als kleiner Dealer. Arbeitet korrekt, pünktlich und sauber. Allerdings nur ein kleiner Fisch daher für die Organisationen ungefährlich. Deshalb hat man ihn auch gewähren lassen. Lebt in Yangoon, daher auch sein Name : - Der Burmese -.

Seinen richtigen Namen weiß keiner. Allerdings ist er seit über einem Jahr nicht mehr aufgetaucht. War von einem auf den anderen Tag verschwunden. Man munkelt das Regime hat ihn aus dem Verkehr gezogen. Mehr konnte ich nicht erfahren."

„Nicht sehr ergiebig mein Freund," antwortete Kitichai.

„Da sind wir doch wesentlich besser. Wir wissen seinen Namen, wo er hier gewohnt hat und mit wem zusammen. Was mich interessiert ist wie er hier in Thailand seinen Lebensunterhalt finanziert hat. Der war nicht gerade bescheiden. Auch die Tätigkeit seiner Lebensgefährtin wäre interessant. Aber wir sind dran. Du siehst, manchmal sind wir gar nicht so schlecht. Nehmt euch also in Acht. Trotzdem vielen Dank und auf ein nächstes Mal."

Assistent Petchup klopfte an die Tür.

„Chef, die Behörden in Myanmar haben uns geschrieben. Der Thanon Tserash steht auf ihrer Fahndungsliste. Drogenhandel. Aufenthaltsort daher unbekannt. Man bittet um Überstellung falls wir ihn festsetzen. Das er sich inzwischen in Luft aufgelöst hat haben die gar nicht kapiert. Ich hab inzwischen mal nachgeforscht ob und wann er über die Grenze gekommen ist. Fehlanzeige. Er hat das Land offiziell nie verlassen."

„Nun ja," sagte Kitichai,

„hättest du Probleme unerkannt nach Myanmar zu reisen? Er als alter Dealer kennt doch alle Schleichwege. Die wird er wohl auch weiterhin genutzt haben. Aber was ist mit der Lady? Gibt´s da was Neues?"

„Nein, unsere Verfolger hat sie ganz locker abgehängt. Ich habe ihr vor ein paar Tagen Thanons Sachen gebracht, die sind ja freigegeben. Wollte auch mal einen Blick ins Haus werfen. Sie hat mich aber nicht reingelassen. Hat sich bedankt und das war´s. Aber man lebt wirklich nicht gerade ärmlich dort. Sie hat offiziell einige Jahre in Myanmar gearbeitet, in einem Betrieb der Naturheilmittel herstellt. Hatte eine Arbeitsgenehmigung. Dann hat sie gekündigt und ist wieder nach Thailand gezogen. Alles ganz korrekt"

„Wir können sie doch nicht ständig überwachen, es liegt ja nichts gegen sie vor. Habt ihr mal ihre Konten überprüft?"

„Ja, jedenfalls versucht. Aber die Banken sind stur. Ohne richterlichen Beschluss keine Auskunft. Und die kriegen wir nicht. Selbst hier in Thailand kann man da wenig machen. Zumindest nicht in diesem Preisniveau."

„Ihr Auto mit einem Sender versehen? Ist zwar illegal aber haben wir ja schon häufiger gemacht."

„Denkbar aber sie hat mehrere und an alle kommen wir nicht ran. Wenn sie Shopping geht wäre es denkbar an ein Fahrzeug ran zu kommen aber wenn sie dann das Auto zu Hause tauscht erfahren wir absolut nichts. Die Frau ist anscheinend ganz clever"

„Bleib an der Sache dran und lass dir was einfallen. Ich hab das Gefühl dies könnte ein dicker Fische sein."

Damit war Petchup entlassen.

13. Subtois Recherchen

Nach einigen Tagen stellte Subtoi resigniert fest, das Studium der alten Bücher war zwar nicht uninteressant gewesen, in seinem Auftrag hatten sie ihn aber nicht weiter gebracht. Unter den Mönchen hatte es sich natürlich herum gesprochen, das er nicht wie sie, auf der Suche nach Buddha sondern auf der Suche nach speziellen alten Medizinrezepten war und ganz besonders nach einem Rezept für ein Heilöl. So war er auch nicht überrascht, als ein alter Mönch, sein Name war Wanjan, zu ihm kam und meinte er hätte eine Information die für Subtoi von Interesse sein könnte. Er selbst kam aus Cpa-ta-U, aus der Nähe von Hua Hin und dort lebte auch seine Familie. Er konnte sich genau daran erinnern, das seine Tante so ein Öl selbst hergestellt hatte. An einer geheimen Stelle im Wald, zu der der Zutritt allen streng verboten war.

„Wenn es dir weiterhilft kann ich ja versuchen mit ihr Kontakt auf zu nehmen," schlug er vor.

„Gerne", sagte Subtoi,

„das wäre sehr nett und hilfreich für mich."

Am Abend traf er den Mönch wieder.

„Ich hab mit meiner Tante gesprochen," sagte der,

„es bedurfte meiner ganzen Überredungskunst aber jetzt ist sie bereit dir die Herstellung zu zeigen. Sie sagte geheimnisvoll, in vier Tagen wäre sie soweit. Vielleicht weißt du was sie damit meint."

Subtoi wusste was gemeint war.

„Und sie bittet um absolute Verschwiegenheit. Ich gebe dir hier eine Adresse wo du sie treffen kannst und eine Telefonnummer. Das Weitere musst du mit ihr bereden. Und", setzte er hinzu,

„Wenn du zu ihr fährst, würde ich gerne mitkommen. Meine Mutter lebt dort auch und ich habe sie sehr lange nicht gesehen. Wer weiß, wie lange sie noch lebt."

Damit reichte er ihm einen Zettel mit einer Notiz.

Subtoi dachte nach. Sehr weit war es nicht und er hatte einen Auftrag zu erfüllen. Also gab es kein Zaudern.

„Ich werde mit dem Bruder Abt sprechen," antwortete er dem alten Mönch.

„ich denke er wird es dir erlauben."

Die Tante war einverstanden als Subtoi sie anrief. Aber in spätestens drei Tagen müsse er da sein. Da könne sie nicht warten.

Am nächsten Tag ließ Subtoi sich zum Abt führen. Er berichtete ihm über seine nicht sehr erfolgreiche Suche in den alten Büchern und über seine Absicht sich die Herstellung des Öl selbst zeigen zu lassen. Der Abt war einverstanden und hatte auch nichts dagegen, dass ihn der alte Mönch begleitete.

„Noch ein kleiner Hinweis", sagte er als Subtoi schon in der Tür stand:

„Versuche zu ergründen woher die Hersteller des Öls ihr Rohmaterial beziehen. Ich habe gehört das es nicht nur aus Hospitälern und von Ärzten kommen soll sondern auch, du wirst es kaum glauben, aber es soll auch aus einigen Tempeln und aus privaten Kliniken stammen. Aber sei sehr vorsichtig. Wenn die Leute Verdacht schöpfen werde sie nicht sehr freundlich zu dir sein, auch wenn du ein Mönch bist."

Am nächsten Morgen machte er sich mit seinem neuen Begleiter zeitig auf den Weg. Es war nicht sehr weit. Eine Stunde zu Fuß, dann per TukTuk zur Hauptstraße, zwei Stunden mit dem Fernbus und später wieder TukTuk und Fußweg. Es war ein kleines Dorf das sie gegen Mittag erreichten.

Die Tante war Frau Doktor, oder besser gesagt sie war Heilerin. Sie hatte keinerlei klinische Ausbildung, alles was sie wusste hatte ihr ihre Mutter beigebracht. Sie war in ihrer Gemeinde, und nicht nur dort, hoch geachtet wegen ihrer Heilerfolge. Auch heute hielt sie Sprechstunde. Sie hockte auf einem Bambuspodest, umringt von Helfern und Patienten. Unter ihrem Podest lagen ausgediente Gipsverbände und Prothesen neben Gehhilfen und Krücken. Von geheilten Patienten gleich an Ort und Stelle abgelegt. Da die Tante noch beschäftigt war gingen Subtoi und Wanjan zum Haus von dessen Mutter. Die freute sich über alle Maßen, ihren Sohn nach so langer Zeit wieder zu sehen und es war ihr deutlich an zu sehen dass sie ihn gerne in die Arme genommen hätte. Aber das ließen die Sitten nicht zu. So stand sie vor ihm, die Tränen liefen ihr über das Gesicht und sie verneigte sich wieder und wieder. Wanjan ging es ähnlich und so spendete er ihr einen Segen nach dem anderen. Ihr Willkommensgeschenk, einen Topf mit Honig von wilden Bienen von dem sie wusste dass er diesen so gerne aß, stellte sie vor ihm auf den Boden. Von dort durfte er ihn aufheben und annehmen, direkt übergeben war verboten.

Bei ihrer Rückkehr behandelte die Tante gerade den letzten Patienten des Tages. Dem schmerzten die Glieder, konnte einen Arm kaum bewegen und auch den Kopf nicht drehen. Er meinte es käme vom zu langen Grasmähen.Die Tante setzte sich vor ihm, ergriff seine Schultern und verdrehte ihm mit einem Ruck den Rücken. Der Patient stöhnte auf, verbiss sich aber weitere Lautäußerungen. Noch einmal das Ganze. Die anderen Patienten saßen aufmerksam daneben und beobachteten alles. Keine Spur von Privatatmosphäre. Jeder bekam alles mit. Gut, hier im Dorf wusste ohnehin jeder alles über jeden. Da spielte es keine Rolle ob Zuschauer oder nicht. Und wer von Außerhalb kam? Es waren teilweise Patienten von weit her angereist. Nun, da war es ohnehin egal, es kannte sie ja niemand.

Danach wurden die schmerzenden Stellen mit einem Heilöl bestrichen und drei mal angeblasen. Nein, es war nicht das teure Wunderöl, dieses hier stellte die Tante aus schwarzen Sesamkörnern auch selbst her. Dazu wurden die Körner, und es mussten unbedingt nur schwarze Samenkörner sein, im Mörser zermahlen, durch ein Tuch ausgepresst und in kleine Flaschen gefüllt. Diese nahm die Tante zwischen die Handflächen und sprach einige Gebete. Danach war es ein heilkräftiges Öl.

Der Patient stand auf und bemühte sich locker zu sein, zu zeigen dass die Behandlung geholfen hatte. Bezahlung? Nun, man gab was man konnte und für richtig hielt.

Früh am nächsten Tag begab sich Subtoi mit der Tante auf den Weg. Wanjan wollte gerne mitkommen aber das wollte die Tante nicht.

„Einer ist genug und Bekannte nehme ich ohnehin nicht mit", sagte sie mit Bestimmtheit.

Sie gingen in den Wald und auf einem schmalen Pfad in Richtung der Berge. Die Tante war bei guter Kondition so das Subtoi Mühe hatte ihr zu folgen. Nach gut einer Stunde bog sie vom Weg ab und kurz darauf tauchte ein kleiner Unterstand auf. Es war nicht mehr als ein mit Palmblättern gedecktes Dach, eine Tischplatte, ein Steinhaufen und eine Feuerstelle. Hierauf entzündete sie zuerst ein Feuer. Trockenes Holz gab es in der Umgebung genug. Von dem Steinhaufen entfernte sie einige Steine und zog dann ein Holzkistchen hervor, stellte es auf den Tisch und öffnete die Vorderseite. Der herausströmende Geruch verschlug Subtoi den Atem, ihm wurde schlagartig übel und er musste sich übergeben.

„Du kannst dich gerne dort hinten auf den Felsen setzen", sagte sie zu Subtoi.

„Ich bin den Geruch gewöhnt, für dich ist er sicherlich ungewohnt."

Er beeilte sich aus der Nähe der Feuerstelle zu kommen und sah von Ferne wie die Tante den Inhalt der Kiste auf ein flaches Blech legte und dieses abgedeckt auf das schwach brennende Feuer stellte. Der Geruch wurde dadurch nicht unbedingt angenehmer. So ging er noch ein Stück weiter in den Wald hinein um Luft zu schöpfen.

Aber er hatte einen Auftrag zu erfüllen. Somit begab er sich mit großer Überwindung wieder zurück. Aus dem abgedeckten Blech schaute ein kleiner Kopf hervor, mit dem Gesicht nach unten. Darunter stand eine kleine Dose die

die aus dem Kinn des Körpers fallenden Tropfen auffing. Ganz langsam kam ein Tropfen nach dem anderen. Die Tante sprach ein Gebet nach dem anderen, rezitierte Verse von Buddha. Soviel konnte Subtoi verstehen. Mehr aber nicht, dazu war er wohl auch zu abgelenkt und aufgeregt.

„Es muss ein ganz schwaches Feuer sein," erklärte sie, „ganz schwach, wir wollen ja nichts gar kochen. Außerdem hat das Öl dann keine Heilwirkung mehr, wenn es zu heiß wird. Es ist mehr ein Ausschwitzen."

Sie setzten sich beide auf den Boden und beobachteten das Feuer. Von Zeit zu Zeit legte sie einige Zweige nach. Nach etwa einer Stunde war das Werk vollbracht. Die Tante nahm eine mitgebrachte Ampulle und ließ die gelbliche Flüssigkeit hineinlaufen. Es waren nicht mehr als etwa zwei Milliliter. Sie hob es gegen das Licht. Es glänzte gold-gelb.

„Das ist das Wunderöl, mehr als diese kleine Menge gibt es nicht von einem Körper. Ich verkaufe es auch nicht sondern wende es bei schweren Erkrankungen meiner Patienten an. Ich kenne die Preise die dafür gezahlt werden aber das ist nicht mein Geschäft."

Sie löschte das Feuer, ergriff eine versteckte Hacke und ging mit dem Körper etwas seitlich in den Wald. Dort hob sie eine Grube aus, polsterte sie mit Zweigen aus, legte den kleinen Körper hinein und deckte ihn mit grünen Zweigen ab. Sie sprach ein Gebet das auch Subtoi kannte und so stimmte er mit ein, ja sprach außerdem noch einen Segen aus. Dann schob sie die Erde wieder über die Grube und stampfte es fest. Zum Schluss kam noch ein dicker Stein darauf.

„Damit die Tiere hier es nicht ausgraben", nickte sie.

Sie steckte die nun leere Holzkiste in einen Sack, schulterte ihn, machten sich wieder auf den Weg durch das Dickicht und standen kurz darauf auf dem Pfad zum Dorf. Nachdenklich schritten sie voran.

„Woher bekommst du die Körper?" fragte Subtoi nach einer Weile.

„Ich kenne einige Ärzte die mich benachrichtigen wenn sie Material für mich haben. Das kommt so ein oder zweimal im Monat vor. Wenn ich Bedarf habe sage ich ok, wenn nicht ist es auch in Ordnung."

Schweigend gingen sie weiter. Nach einer Weile fügte die Tante hinzu:

„Es sind allerdings auch schon einige Klöster an mich herangetreten und haben mir Material angeboten. Man weiß das ich das Öl herstellen kann und auch die entsprechende Gebete kenne."

„Welche Klöster sind das?" fragte er nach.

„Es gehört ja zu meinem Auftrag etwas darüber zu erfahren."

Die Tante blieb stehen und drehte sich um.

„Gut," sagte sie,

„gut, ich nenne dir ein paar Namen. Du hast, so vermute ich, den Auftrag diese Praktiken aufzuklären und zu unterbinden. Ich lehne diese auch ab. Das widerspricht den Regeln Buddhas. Aber lass mich aus dem Spiel, nenne niemanden meinen Namen. Das würde meinem Ruf und damit meinem Geschäft schaden. Meinen Patienten natürlich besonders"

Subtoi nickte. Die Tante nannte drei Klöster in der Nähe.

„Ich weiß das es einen Lieferservice gibt, der bei Bedarf dort hin kommt und die Kisten abholt. Es gibt eine Firma irgendwo weiter südlich in den Bergen. Die produzieren in größeren Mengen. Mehr weiß ich aber auch nicht."

Und nach einer Weile setzte sie hinzu:

„man munkelt die hätten auch noch andere Quellen allerdings schon mehr krimineller Natur."

Subtoi merkte auf. Das waren genau die Plätze nach denen er zu suchen hatte. Vielleicht wussten die Mönche der anderen Klöster mehr.

Gleich am nächsten Tag machten Wanjan und er sich auf den Weg. Ein TukTuk brachte sie in die Nähe, den Rest gingen sie, wie üblich, zu Fuß. Subtoi lies sich vorschriftsmäßig beim Abt melden, Wanjan blieb draußen auf dem Hof. Er käme vom Wat Chao Thang sagte er und er wolle sich erkundigen wie man hier mit den Körpern Totgeborener verfahren würde.

„Wir bekommen diese mitunter von den Leuten aus der Umgebung damit wir sie mit den anderen Toten verbrennen. Aber wir haben vernommen dass man vorher heiliges Öl daraus gewinnen kann. Euer Kloster wurde in diesem Zusammenhang genannt."

Der Abt schwieg.

„Mein Abt ist der Meinung," fuhr Subtoi fort,

„es wäre durchaus legitim wenn man vor der Verbrennung dieses Öl entnehmen würde. Da es ein Heilöl ist hilft es ja anderen Menschen."

„Ja," erwiderte der Abt nach einer längeren Pause,

„so haben wir auch gedacht. Wir haben nicht weit entfernt eine Frau Doktor die das Öl auch herstellen kann aber die ist meist zu sehr beschäftigt und so sind wir durch Nachfragen auf eine Firma gestoßen, die das Öl herstellt und die die Körper hier bei uns abholt. Die haben uns einige Holzkisten geliefert und wenn ein Körper kommt tun wir es in eine solche Kiste und rufen diese Leute an. Die kommen dann sehr schnell und bring uns die Körper nach gut einer Woche wieder zurück. Dann können wir sie mit anderen Toten zusammen verbrennen."

Er schmunzelte:

„wir leihen sie eigentlich nur kurzzeitig aus. Für das Kloster gibt es dann immer eine kleine Spende. Aber bedenkt das nur Totgeborene geeignet sind. Die sind noch rein da sie noch nicht geatmet haben."

Schweigen.

„Du bist ein Nen, also noch sehr unerfahren in den Lehren Buddhas. Also, ein totgeborenes Kind hat noch nie geatmet, hat deshalb auch noch nicht gelebt. Somit kann es auch nicht wiedergeboren werden. Denn wiedergeboren werden kann nur jemand der gelebt hat und dann gestorben ist. Deshalb gelten hier auch nicht die gleichen Rituale wie bei Gestorbenen. Genau genommen braucht man diese Körper noch nicht einmal zu verbrennen, geschweige denn die entsprechenden Gebete sprechen. Wir haben sie aber immer verbrannt. Bei armen Leuten haben wir die Körper mit zu den anderen Toten gelegt und sie gemeinsam verbrannt. Der Rauch geht zu Buddha, ob zusammen oder getrennt. Das dürfte keinen Unterschied machen. Hilft jedenfalls den Leuten Kosten zu sparen."

„Kannst du mir die Adresse dieser Firma geben oder vielleicht deren Telefonnummer?" fragte Subtoi schüchtern.

Der Abt dachte nach.

„Ich weiß nicht so recht," sagte er nach einer Weile.

„Die tun immer sehr geheimnisvoll. Wegen der Konkurrenz heißt es. Die Adresse weiß ich selbst nicht. Aber ich kann sie ja mal fragen. Gib mir deine Nummer, ich rufe dich dann an wenn ich Kontakt hatte. Ist oftmals etwas schwierig."

Subtoi gab ihm eine erfundene Telefonnummer. Er wollte nicht das man ihm auf die Schliche kommen konnte. Man verabschiedete sich und zusammen mit Wanjan verließ er die Klosteranlage.

„Ich würde gerne noch zu einem anderen Wat gehen," sagte er zu Wanjan.

„Vielleicht gibt es da etwas mehr Informationen. Der Abt hier gefiel mir nicht, er machte einen unehrlichen Eindruck. Kann sein das ich ihm Unrecht tue aber das war so mein Eindruck."

Das nächste Kloster war etwas weiter entfernt und sie brauchten den ganzen Tag um es zu erreichen. Die Aufnahme dort war sehr freundlich und man bot ihnen gleich einen Platz zum Schlafen an. Sie hatten Hunger aber in einem Wat isst man halt nur einmal am Tag und das ist am frühen Morgen. Sie waren auf Reisen somit war es ihnen gestattet unterwegs etwas zum Essen zu kaufen. Aber das war auch schon einige Zeit her. Dafür durften sie dann am nächsten Tag auch in aller Frühe aufstehen, weit vor Sonnenaufgang, um an den morgendlichen Gebeten teil zu nehmen. Dann machte sich eine Gruppe von Mönchen auf zum nächsten Ort um von den Bewohnern die Essensgaben ein zu sammeln. Und erst danach setzte man sich zum Essen zusammen.

Der Abt winkte ab als Subtoi ihm sein Anliegen vortrug.

„Damit beschäftige ich mich nicht," sagte er mürrisch, „das machen hier andere Mönche."

Der Bruder Wong wurde ihm, genannt und man führte ihn zu ihm.

„Ja", antwortet dieser etwas gedehnt, „ja, wir haben schon mitunter diese Firma angerufen. Die kamen dann auch ziemlich schnell. Beim nächsten Mal gaben sie uns gleich einige kleine Kisten zur besseren Verpackung. Gespendet haben sie auch, nicht viel allerdings. Beim nächsten Mal haben wir auf einer größeren Summe bestanden und sie seitdem auch ohne weitere Kommentare erhalten.

Ich kann dir gerne deren Telefonnummer geben. Du kannst dann mit ihnen das weitere Vorgehen besprechen. Wo die Firma sitzt kann ich dir nicht sagen. Das ist ein neutraler Pick-Up der dann kommt. Er hat eine Nummer aus Phuket. Meistens habe die Fahrer es sehr eilig aber einmal hab ich mich mit einem unterhalten. Die werden noch von einigen weiteren Wats beliefert und auch von Krankenhäusern. Dann schaute er auf die Uhr und hatte es plötzlich sehr eilig. Er hätte fast vergessen dass er noch eine Entbindungsklinik anfahren müsse. Dann legte er den Finger auf den Mund und startete den Wagen."

„Habt ihr darüber mit anderen Klöstern geredet?" fragte Subtoi.

„Nein, haben wir nicht. Es ist allen durchaus etwas peinlich, auch wen es rein formell in Ordnung ist."

Subtoi und Wanjan verabschiedeten sich und machten sich auf den Rückweg zum Wat Chao Than.

Subtoi beschloss einige Zeit in diesem Wat zu bleiben. Einmal weil er etwas müde und erschöpft war zum anderen weil er hier besser an neue Nachrichten gelangte als auf Kho Kaeo. Außerdem war er sich sicher das die geheimnisvolle Produktionsstelle in der näheren Umgebung liegen müsste. Er schickte eine Mail an den Abt Suriban und erbat seine Zustimmung. Gleichzeitig gab er ihm die erfahrene Telefonnummer und den Hinweis auf eine

Entbindungsklinik in Phuket aus der vermutlich einige Körper stammen würden.

14. John und Pia

Diesmal trafen sich Bo und Pia auf dem Flugplatz Don Muang in Bangkok. War die halbe Strecke und für beide die günstigste Flugverbindung. Bo hatte gleich einen Rückflug für den Abend gebucht. Sie wollte sich nicht selbst in Verlegenheit bringen um auf Pias Reize zu reagieren. Dies war nur Geschäft. Sie hatte eine Ampulle des Heilöls mitgebracht um zu zeigen wie es aussah. Außerdem eine Reifekiste sowie einige leere Ampullen. Dann erklärte sie Pia auf was sie achten müsse wenn sie das Öl herstellen würde. Nur das Rohprodukt. Zum Heilöl würde es in ihrem Labor verfeinert. Da würden auch die erforderlichen Gebete gesprochen. Man vereinbarte die Preise für Rohöl und auch den des fertigen Heilöl für den Verkauf in Laos. Pia hörte aufmerksam zu.

„Ich hab auch schon Räume in denen ich arbeiten kann," erklärte sie.

„Außerdem habe ich sehr gute Kontakte geknüpft und werde kurzfristig Rohmaterial bekommen. Es kann also losgehen. Allerdings," sie stockte etwas in ihrem Redefluss, „also, ich hab zur Zeit ja keinen Job und insofern ist es etwas schwierig für mich die Kosten bis zur ersten Produktion auf zu treiben. Wenn du vielleicht einen kleinen Vorschuss erübrigen könntest, würde mir das sehr helfen. Die Banken werden mir kaum was geben und von privat? Ungern."

„Ok", sagte Bo. „Wir werden es mit der ersten Lieferung verrechnen."

Dann fügte sie noch hinzu:

„Denke dran, dieses ist alles geheim. Niemand darf davon erfahren. Und bitte, noch einmal, keine privaten Geschäfte außerhalb unserer Vereinbarungen. Das würde ich dir sehr übel nehmen."

„Nein, nein. Kein Problem. Du kannst dich voll auf mich verlassen."

Nach zwei Wochen kamen per Kurier zwei Ampullen Öl aus Vientiane. Auf welchen Wegen diese nach Thailand gelangt waren war Bo egal. Sie schickte sie gleich in ihr Labor, beauftragte den Laborleiter die Proben zu überprüfen. Sie hatten dort ein Teststation aufgebaut um die Qualität ihrer Produkte ständig überwachen zu können. Die Meldung des Labor am nächsten Tag:

„Alles in Ordnung, die Proben sind ok."

Bo überwies den vereinbarten Betrag, abzüglich des Vorschusses an das ihr aufgegebene Konto einer Bank in Udon Thani.

Nach einer Woche kamen drei weitere Proben. Es lief gut . Jedoch nach einer dritten Lieferung rief der Laborleiter an.

„Ich hab die letzte Lieferung mehrfach genau überprüft. Das Öl hatte eine geringfügig andere Farbe. Das machte mich stutzig. Ich habe nun festgestellt das es mit Pflanzenöl gestreckt wurde. Was soll ich jetzt machen?"

Bo schreckte auf. Sie hatte immer noch ihre Bedenken über Pias Tätigkeit im Hinterkopf. Sollte sie es tatsächlich gewagt haben?

„Leg die Ampullen in den Tresor," sagte sie dem Laborleiter.

„Ich kümmere mich und werde mich wieder melden."

„Das Aas," sagte sie zu sich selbst:

„Ich befürchte die hat noch mehr angestellt. "Aber nicht mit mir, nicht mit Bo Ankan Sumtoma"

Sie griff zum Telefon und rief einen Bekannten an der sie schon häufiger in rechtlichen Dingen beraten hatte und pikante Aufträge immer prompt erledigte.

„Ich hab da einen Auftrag für dich. Kannst du feststellen ob das Heilöl das ich herstelle, auch in Laos erhältlich ist und wenn ja, wer es herstellt und was es kostet?"

Die befürchtete Antwort kam einige Tage später:

„Selbst im Internet kannst du dieses Öl bestellen. Sogar zu sehr günstigen Preisen."

„Dann hab ich einen weiteren Auftrag für dich. Fliege bitte nach Vientiane und erwerbe dort so eine Ampulle. Bezahle bar und mache wenn irgend möglich ein Foto vom Verkäufer und notiere alle Vorkommnisse. Ist sehr wichtig für mich."

Der Kontaktmann meldete sich wenig später.

„Ich habe eine Ampulle bestellt. Ich kann sie abholen wenn ich den Kaufpreis auf ein Konto bei einer Bank in Udon Thani einbezahlt habe. Bezahlbar in thailändischen Bath. Der Einzahlungsbeleg ist dann die Abholquittung. Ich fliege in zwei Tagen hin."

„Da ist das teure Stück," sagte er einige Tage später und legte Bo eine Ampulle auf den Tisch. Diese war versehen mit einem Aufkleber: „Original thailändisches Wunderöl."

„Ich hab auch ein Foto gemacht von dem schönen jungen Mann der mit die Ampulle überreicht hat."

Damit gab er Bo einen Ausdruck.

Sie zeigte - John Vajakorn -.

„Gute Arbeit, gute Arbeit," murmelte Bo.

„Den weiteren Verlauf regele ich persönlich. Vielen Dank."

Sie schickte auch diese Ampulle an ihr Labor. Das Ergebnis:

„Reines Pflanzenöl, kann man auch in den Salat tun,"

war die Auskunft ihres Laborleiters.

„Was mach ich mit ihr?" Der Gedanke ging ihr immer wieder durch den Kopf.

„Ich kann sie ja kaum anzeigen. Auf irgend welche Versprechungen vertrauen kann ich auch nicht. Die kann mir die ganze Firma ruinieren. Ich muss mir was einfallen lassen."

 Am nächsten Tag rief sie Pia an.

„Läuft ja schon ganz gut aber ich denke wir können das noch optimieren. Ich möchte dir dazu gerne unser Labor zeigen. Wann hast du Zeit?"

Pia war hocherfreut. So schnell hatte sie damit nicht gerechnet.

„Ich kann sofort, im Augenblick habe ich keine Körper in Arbeit."

„Gut, dann übermorgen. Sag mir Bescheid mit welchem Flug du in Phuket ankommst. Ich hole dich dann ab."

Air Asia kam pünktlich und so saßen sie kurz darauf im Auto auf dem Weg nach Norden. Man sprach über belanglose Dinge. Pia war noch nie am Meer gewesen und so fand sie die Landschaft immer wieder bezaubernd. Kurz vor Ranong hielt Bo auf einem Parkplatz.

„Ich muss dich jetzt bitten diese Schweißerbrille auf zu setzen. Das machen wir bei allen Besuchern so. Den Weg zum Labor kennt nur die Führungsmannschaft."

Pia war etwas schockiert.

„Ich dachte wir haben Vertrauen zu einander", sagte sie.

„Aber ok, wenn das so üblich ist."

Damit setzte sie die Brille auf und stellte fest dass sie geschwärzte Gläser und dichte Seitenteile hatte.

„Dauert nicht lange, du wirst es überleben," war Bo´s Antwort.

Der Laborleiter hatte seine Instruktionen und als sie den Felsen erreichten fuhr Bo direkt in den Höhleneingang.

„Du kannst die Brille jetzt abnehmen," sagte sie als der Wagen hielt.

Als Pia ausstieg standen gleich zwei Wachleute neben ihr.

„Was soll denn das?" fauchte sie.

„Kannst du dir wohl denken," war Bo s einfache Antwort.

Sie nickte den Leuten kurz zu und die brachten Pia trotz ihrer Proteste in einen Raum im hinteren Bereich der Höhle der durch ein stabiles Eisengitter abgetrennt war, schob sie hinein und ließ den Riegel zuschnappen.

„Hast du dir etwa eingebildet dass du solche Mätzchen mit mir machen kannst? Ich habe dich ausdrücklich davor gewarnt. Noch weiß ich nicht was ich mit dir anfange, auf jeden Fall wirst du eine längere Zeit hier verbringen."

Und zu ihren Leuten gewandt:

„Ist doch eine ganz attraktive Frau. Wenn jemand Interesse und Lust hat kann er sich gerne mit ihr beschäftigen. Aber behandelt sie sorgfältig, ich brauche sie noch für andere Dinge."

Zu Pia sagte sie im Weggehen:

„Ich werde meine Leute in ein paar Tagen fragen wie kooperativ du warst. Ich weiß das sie immer Lust haben und Frauen gibt es hier wenige. Wenn sie mit dir zufrieden waren können wir dir vielleicht ein etwas bequemeres Zimmer geben. Mach´s gut."
Damit saß Pia alleine in dem absolut leeren Höhlenraum.

Draußen sagte Bo:
„Wie gesagt, behandelt sie gut und vor allem bewacht sie gut. Ich mache euch alle persönlich dafür verantwortlich. Stellt ihr eine Pritsche hinein und gebt ihr was zu Essen und zu Trinken. Wo sind ihre Sachen? Die nehme ich an mich".
Einer fragte:
„Sollen wir sie vorsichtshalber anketten?
Bo lachte: „Allein der Gedanke daran begeistert mich. Aber noch nicht, vielleicht später."
Der Laborleiter sah Bo fragend an: „Ladyboy?"
Bo nickte. Damit schnappte sie Pias Tasche und begab sich in ihr Appartement.
Sie durchsuchte die Tasche genau. Fand drei Bankkarten eine aus Vientiane, zwei aus Udon Thani. Und, nach nochmaliger genauer Durchforstung eine Zettel mit einigen Zahlen, anscheinend Codenummer.
Bo probierte sie bei der thailändischen Bank aus und hatte sofort Erfolg.
„Will die großen Geschäfte machen und kann noch nicht einmal die Konten sichern," war ihre Erkenntnis.
Hundertausende Bath für eine kleine Probe Salatöl wollte sie nun doch nicht ausgeben und so buchte sie den Betrag gleich zurück auf ihr Konto. Es klappte problemlos. Über die Kosten für das gepanschte Rohöl und die für ihre

Nachforschungen wollte sie noch nachdenken. Die Webseiten über den Verkauf es Heilöls löschte sie gleich mit. Die Firma war somit erloschen, Heilöl unter dieser Adresse gab es nicht mehr. Den restlichen Inhalt der Tasche ließ sie an Pia zurück geben.

Einige Tage später fragte sie ihre Leute ob sie mit Pia zufrieden wären.

„Ja, sie ist sehr willig und wir haben unseren Spaß mit Ihr."

„Gut," sagte Bo dann gebt ihr das kleine Gästezimmer, dort hat sie auch eine Dusche. Aber aufpassen, wenn sie eine Chance sieht wird sie abhauen."

„Alles klar, bisher haben wir sie immer in den Gemeinschaftsunterkünften duschen lassen. War ganz nett."

15. Subtois Suche

Seit vielen Wochen war Subtoi jetzt schon auf der Suche, auf der Suche nach einem schwarzen Buffalo von dem er nicht wusste wer oder was es überhaupt war. Er hatte jeden befragt den er nur erreichen konnte. Es brachte ihn nicht weiter. Doch nun hatte er einen Hinweis bekommen der ihm vielleicht helfen könnte. Ein Apotheker zeigte ihm eine Schachtel mit Medikamenten der Firma
-KWAY SI DAM-.

Kway si dam, das thailändische Wort für schwarzer Büffel. Es gab also eine Firma die sich so nannte. Weitere Hinweise gab es auf der Schachtel nicht, auch Versuche des sehr hilfsbereiten Apothekers führten nicht weiter. Der Lieferant der Apotheke hatte es aus Myanmar bezogen und da verlor sich die Spur. Immerhin ein kleiner Fortschritt. Das Medikament war ein Pulver in einer Kapsel, sollte die Lebenskraft verstärken und schlimme Krankheiten heilen, sagte der Apotheker schmunzelnd.

„Wer dran glaubt", setzte er hinzu,

„billig ist es jedenfalls nicht."

Mehr wusste er auch nicht. Er solle es doch mal in der Gegend von Ranong versuchen. Von dort bezöge man manchmal Produkte auf dem schwarzen Markt, Produkte die nicht zugelassen waren und die dort wohl hergestellt würden.

Ranong, na gut, war nicht so sehr weit entfernt.

Als Mönch zu reisen hatte seine Vorteile, man gab ihm zu essen und zu trinken, besorgte einen Schlafplatz, ließ ihn im Haus duschen und transportierte ihn kostenlos, oftmals auch verbunden mit einem Umweg. Wenn er gefragt wurde wonach er suche sagte er meistens er suche nach einem Bruder der dort in einer Einsiedelei lebe. Genaues wüsste er auch nicht aber der Bruder müsse wegen einer Familienangelegenheit dringend nach Hause kommen. Allgemeines Mitgefühl war ihm dann immer sicher. Gern nahm man auch sein Angebot an, Haus und Bewohner vor seinem Weggang zu segnen.

An einem Getränkeshop leistete er sich eine Coca Cola. Der Inhaber zeigte auf einen Kleinbus mit dunklen Scheiben.

„Merkwürdige Leute,"sagte er,

110

„kaufen Getränke aber außer dem Fahrer steigt keiner aus. Sollen aus Myanmar sein, hab ich gehört, gesprochen hat noch keiner mit denen. Die arbeiten da hinten in dem Seitental irgendwo. Die Leute sind ja auch viel billiger als thailändische Arbeiter. Ziemlich geheimnisvoll das Ganze. Was soll's, geht mich nichts an."

Subtoi hatte die Ohren gespitzt. Das gezeigte Seitental könnte er ja mal näher in Augenschein nehmen. So trottete er auf dem heißen Asphalt entlang als ein Jeep hielt. Drinnen saßen vier Uniformierte. Polizei oder einheimisches Militär war es nicht.

„Sollen wir dich ein Stück mitnehmen", fragte der Fahrer.

„Geht hier immer nur gerade aus."

Gern nahm Subtoi das Angebot an. Die Strecke zog sich in die Länge. Irgendwann war er etwas eingeschlafen. Er wachte auf als die vier Männer miteinander sprachen.

„Wir müssen ihn wieder los werden bevor wir an die Abzweigung kommen. Können ihn doch nicht mit ins Labor nehmen. Die Chefin macht uns die Hölle heiß, auch wenn es nur ein Mönch ist."

Die anderen nickten stumm.

„Stop, bitte stop," rief Subtoi,

„ich glaube ich hab die Stelle wiedererkannt an dem der Weg zur Einsiedelei meines Bruders abzweigt. Ich war schon einmal dort. Lasst mich mal raus."

Der Fahrer hielt an, sichtlich erfreut und ließ den Mönch aussteigen. Man bedankte sich bei ihm, wie es sich gehört und war sehr schnell wieder verschwunden. Subtoi wartete bis er sie nicht mehr sah, ging dann auf der gleichen Straße weiter. Nach geraumer Zeit zweigte ein staubiger Weg ab. Er ging vorsichtig ein Stück auf ihm entlang und entdeckte nach wenigen Minuten den haltenden Jeep und ein Wachhaus mit zwei Männern. Die Uniformierten sprachen mit ihnen. Schnell zog er sich zurück in den angrenzenden Wald.

Der schmale fast zugewucherte Steig den er kurz darauf fand, führte bergauf. Subtoi ging schnell, er wollte vermeiden dass man ihn zurück holte. Ihm war klar dass er hier in der Wildnis irgendwo übernachten musste. Aber das schreckte ihn nicht. Er erreichte ein Bachbett, rastete, fand Wasser in einigen Tümpeln und beschloss hier die Nacht zu verbringen. Erst einmal nahm er ein ausgiebiges, lange vermisstes Bad, wusch auch gleich seine Kleidung und ließ sich dann, nackt wie er war, von der Sonne trocknen. Dann suchte er sich bei Einbruch der Dämmerung einen glatten, von der Sonne gewärmten Stein zum Schlafen. Nicht ohne vorher seine am Tage versäumten Gebete nach zu holen.

Er wachte, wie als Mönch gewohnt, früh auf. Die aufgehende Sonne bestrahlte kaum die ersten Felsspitzen. Nach der spärlichen Morgentoilette und den Gebeten sah er sich um. Etwas oberhalb von ihm war eine kleine Felsplattform. Von dort mochte man einen guten Blick über das Land haben und es wäre ein schöner Platz für seine Tagesmahlzeit. Die Frau des Apothekers hatte ihm ein Paket Sticky Reis und einen Beutel mit Huhn und gelben Curry mitgegeben. Trinkwasser bot der Bach. Schnell füllte er seine Flasche und stieg dann empor. Es war wirklich ein schöner Platz. Er setzte sein Bündel ab und schaute in die Runde. Und dann? Es durchfuhr ihn wie ein Blitz. Der Buffalo! Er rieb sich die Augen, kniff sie fest zu. Aber als er sie wieder öffnete war er immer noch da. Der Kway si Dam, der schwarze Buffalo. Er stand vor ihm, schwarz und drohend. An seiner Seite flatterte eine Mähne im Wind. Er war groß, riesig groß, wohl um die achtzig Meter hoch und zwischen seinen gespreizten Beinen parkten drei Autos.

Ich bin am Ziel durchfuhr es Subtoi um dann gleich resigniert zu bedenken das er im Augenblick nur sein Ziel gefunden hatte. Sein Auftrag war damit noch lange nicht erledigt und der gefährliche Teil fing vermutlich gerade an.

Auf der anderen Seite des Baches konnte er den Pfad nicht wiederfinden. Die Felsen rückten heran und zwangen ihn immer tiefer zu steigen. Schon sah er den Weg dicht unter sich. Er hatte keine andere Chance als auf dem weiter zu gehen. Links eine tiefe Schlucht, rechts die steilen Felsen. Ok, dachte er, wenn man mich hier erwischt werde ich eine passende Ausrede parat haben. Noch hab ich das geheimnisvolle Areal ja nicht gesehen. Der Weg führte steil und schweißtreibend bergan. Dann wurde das Gelände flacher und Subtoi konnte wieder in der Wald ausweichen. Dann stand der Buffalofelsen unmittelbar vor ihm. Die Höhlen im oberen Bereich wirkten wirklich wie Augen und schnaubende Nüstern und der Bewuchs an der Seite wie eine wehende Mähne. Er schlich vorsichtig am Vorplatz vorbei, suchte sich ein Versteck und wartete. Wartete und dachte nach. Die große Höhlenöffnung war anscheinend der einzige Eingang, einen anderen konnte er nicht entdecken. Und dieser Eingang war scharf bewacht. Hinein musste er, das war ihm klar. Nur dort konnte er Beweise finden und eventuell sichern. Aber wie? Er suchte die weitere Umgebung ab. Hinter dem Felsen waren Dächer zu sehen. Anscheinend Hütten für die Arbeiter. Ob dort noch ein Eingang ist?

Sein Mobile hatte er schon gestern abgestellt, einmal um Strom zu sparen und zum Anderen um sich nicht durch Anrufe in einer prekären Lage selbst zu verraten. Jetzt jedoch holte er es hervor, schaltete es ein und wartete bis das GPS die augenblickliche Position anzeigte. Es dauerte eine Weile, der Empfang hier war sehr schwach. Dann wählte er Suribans Nummer und gab die Koordinaten ein die das GPS ihm anzeigte. Nur mit dem Vermerk: Schwarzer Buffalo. So könnte man immerhin feststellen wo er sich aufgehalten hatte und Suriban wüsste schon was er mit den Zahlen anfangen sollte. Außerdem gab er ihm noch die Telefonnummer der Firma die die Körper von den Klöstern abholte, sowie das Autokennteichen des Transporters. Die konnte er bei Bedarf an die Polizei weitergeben. Das Mobile schaltete er wieder aus. In den Höhlen würde es ihm ohnehin nichts nützen.

 Dann arbeitete Subtoi sich vorsichtig am Hang weiter entlang. Immer auf Deckung bemüht. An einem kleinen Felsen hangelte er sich nach unten, kam ins Rutschen, verlor den Halt und fiel in ein tiefes Loch, dass vorher nicht zu sehen war. Trotz der Höhe von etwa drei Metern fiel er weich da unten Mengen von halb verfaulten Blättern und Ranken lagen. Nur, wie er nach schnellem Rundblick feststellte, hinaus kam er hier nicht mehr. Er nahm seine Taschenlampe aus der Tragetasche und orientierte sich. Glatte Felsen an drei Seiten, an der vierten Seite schien ein Gang ab zu zweigen. Der einzige Weg für ihn. Also hinein in den schwarzen Buffalo, hinein in das geheimnisvolle Labor. Was ihn dort wohl erwarten würde. Wohl war ihm bei dem Gedanke nicht.

114

16. Wan 2

Irgendwann hörte Wan über Jemanden der Jemanden kannte von einer Organisation die Säuglinge zur Adoption vermittelt. Sie überlegte nur kurz. Mein Kind solle es einmal besser haben als die anderen Kinder aus dem Issan, die immer arm bleiben werden, immer ums Überleben zu kämpfen haben. Auch wenn ich es dafür abgeben muss. Sie besorgte sich die Telefonnummer, rief an, macht einen Termin und fuhr hin um sich weiter zu informieren.

Sie fragte sich durch, Postadressen sind in Thailand immer eine Art Lotteriespiel, fand das Stadtbüro schließlich in einem Hinterhof. Neben dem Eingang ein Schild – **Freedom Klinik – Townoffice** -. Die Tür stand offen, davor ein Paar Sandalen. Die stille Aufforderung an Besucher sich der Schuhe zu entledigen bevor man eintritt. Sie streifte ihre Sandalen ab und trat in den dämmerigen fensterlosen Raum. An einem Schreibtisch saß eine streng blickende ältere Dame mit einer großen Hornbrille und einer tiefen Falte auf der Stirn. Sie sah nicht unfreundlich aber sehr streng aus.

„Ich weiß nicht ob ich hier richtig bin," sagte Wan und blieb stehen.

Die Dame schaute sie prüfend von oben bis unten an, lächelte und antwortete:

„Ich denke du bist hier goldrichtig Darling. In welchem Monat bist du denn?"

„Im siebten,"sagte Wan leise.

„Na komm, setz dich, ich werde dir alles erklären."

Sie stand auf, ging zum Kühlschrank und stellte eine Flasche Wasser und ein Glas vor Wan.

„Zu gegebener Zeit kommst du hier her, das genaue Datum werden wir noch besprechen. Dann wirst du mit unserer Limousine in unsere Klinik gebracht. Die liegt etwas ruhiger außerhalb der Stadt. Dort wirst du gründlich untersucht. Warst du schon beim Arzt?"

„Nein, noch nicht," sagte Wan.

„Gut so, dann gibt es noch keine Akten und später bei der Adoption weniger Probleme. Wenn es soweit ist wirst du in den Entbindungsraum gebracht, bekommst eine Narkose und wenn du aufwachst ist alles schon vorbei und du siehst aus wie früher und bist genau so schlank. Du bleibst noch einen Tag zur Beobachtung dort und dann bringt dich der Wagen wieder hier her. Du bekommst dann von mir ein Handgeld von 5000 Baht und kannst gehen wohin du willst. Einige Medikamente für eventuelle kleine Schmerzen gibt's noch dazu. Ganz wichtig ist und da höre genau zu, Erstens: du wirst über dieses Büro und die Klinik absolutes Schweigen bewahren. Zweitens: du wirst dein Kind nicht sehen und auch keinerlei Auskunft darüber erhalten. Wir wollen damit verhindern dass sich irgendwelche mütterlichen Bindungen entwickeln die bei der Adoption hinderlich sein könnten. Deinen Freundinnen kannst du von der Entbindung erzählen, die wissen ja ohnehin was mit dir los ist, aber keine Adressen nennen. Weitergeben darfst du nur meine Telefonnummer, falls jemand Hilfe braucht, so wie du jetzt."

Wan nickte ergeben.

„Muss ich noch was unterschreiben?"

„Nein, wozu. Du kannst uns vertrauen und wir vertrauen dir. Ganz einfach. Lass uns jetzt noch mal über die genauen Termine reden.

Die Dame stellte Fragen, Wan antwortete und dann wurde ein Datum festgelegt an dem Wan sich telefonisch am Tag zuvor melden sollte. Es würde dann alles sein Gang laufen.

Nach zwei Monaten, zum vorher abgesprochenen Termin rief Wan die Dame im Stadtbüro an.

„Du kannst morgen kommen, es ist alles bereit", sagte diese.

Als sie am nächsten Tag mit dem Taxi ankam stand schon eine Limousine für sie auf dem Hof und brachte sie in ein Gebäude außerhalb der Stadt. Vorher verabreichte man ihr eine Tablette damit sie die Fahrt besser überstehen würde, so sagte man ihr. Sie war sehr schläfrig unterwegs, die Scheiben des Autos waren dunkel getönt so dass ihr nicht bewusst war, wohin sie fuhren und wie lange die Fahrt dauerte. Bei der Ankunft wurde sie gleich in ein Zimmer gebracht und aufgefordert sich aufs Bett zu legen. Es würde gleich ein Arzt kommen und sie untersuchen. Das Zimmer glich einem Krankenhauszimmer mit hochgelegten Fenstern so dass man nicht hinaussehen konnte.

Die Untersuchung war nach Wans Meinung sehr kurz und oberflächlich. Ein Mann im weißen Kittel horchte sie ab, stellte einige Fragen und gab ihr dann eine Spritze. Wenig später war sie eingeschlafen.

Sie wachte mit heftigen Schmerzen im Unterleib auf. Sie kamen, ließen wieder nach und kamen nach kurzer Zeit erneut.

„Die Wehen", dachte Wan und griff suchend nach der Klingel die neben ihrem Bett hing.

Die Nurse kam augenblicklich, so als hätte sie schon darauf gewartet. Die Nurse rief nach dem Arzt, der Wan kurz anschaute, abhorchte und dann nur nickte:

„Es ist soweit."

Sie bekam eine weitere Spritze.

 Als sie aufwachte war es dunkel im Raum, nur eine kleine Lampe brannte. Wan hatte Durst, schrecklichen Durst. Ihre ganze Kehle brannte. Sie versuchte sich auf zu richten und nach einem Glas Wasser zu suchen, es gelang ihr aber nicht. So fingerte sie wieder nach der Klingel. Diesmal dauerte es etwas länger bis eine Nurse kam. Sie brachte gleich etwas zum Trinken mit und eine kleine Munddusche mit der sie ihr zuvor die Mundhöhle anfeuchtete. Erst danach gelang es Wan in kleinen Schlucken zu trinken. Schnell nahm die Nurse ihr den Becher wieder weg.

„Nicht so viel auf einmal, das verträgst du noch nicht. Aber es wird schnell besser. Kommt von der Narkose. Auf jeden Fall hast du ja nun alles überstanden, ohne jede Komplikation. Wan tastete mit einer Hand auf ihren Bauch. Er war nicht mehr aufgebläht wie gestern, nein ganz normal wie früher.

„Mein Kind, mein Kind, ich habe jetzt ein Kind," dachte sie kurz, bevor ihr einfiel das sie es nie sehen würde.

„Schlaf noch etwas," sagte die Nurse,

„später bringen wir dir ein tolles Frühstück."

Sie blieb noch eine Nacht in der Klinik, zappte im TV und langweilte sich. Das Essen war ok aber sie wollte nach Hause. Am nächsten Morgen brachte man sie zum Auto auf dem Hof. Drinnen saß eine junge Frau in ihrem Alter, stellte sich mit Noi vor. Auch sie hatte in der vorletzten Nacht entbunden. Der Fahrer zog die Vorhänge zu, wegen der Sonne, wie er erläuterte, so das sie wieder nicht erkannte wo die Klinik lag. Sie hielten im Hof des Stadtbüros und gingen hinein. Die streng blickende Dame mit der Hornbrille fauchte den Fahrer an.

„Wir haben ausdrücklich angeordnet, dass die Damen einzeln gefahren werden sollen. Warum befolgt das keiner?"

„Das andere Auto war defekt," antwortete der Fahrer kleinlaut, so dachten wir es wäre einfacher beide in einem Wagen zu fahren."

„Ihr sollt nicht denken sondern tun war man euch sagt." Zornig setze sie sich hinter ihren Schreibtisch, nahm zwei mal fünftausend Baht heraus und zwei kleine Schachteln mit Medikamenten. Gab jedem der beiden Mädchen davon.

„Nehmt sie nur wenn ihr Schmerzen habt, sie sind sehr stark. Fahrt jetzt nach Haus und ruht euch aus. Etwas Schonung in den nächsten Tagen wäre ganz gut. Und denkt daran, über das hier erlebte habt ihr Stillschweigen zu bewahren. Wenn nötig gebt ihr die Telefonnummer weiter, sonst kein Wort. Wir wollen doch noch vielen Mädchen helfen können, wenn sie in Schwierigkeiten geraten, so wie euch jetzt."

Damit waren sie entlassen. Sie gingen auf die Straße, etwas unschlüssig was zu tun wäre und beschlossen gemeinsam in eine Straßenküche zu gehen. Auch um sich miteinander besser bekannt zu machen. Nachdem sie den obligatorischen SomTam und eine Flasche Wasser geordert hatten, saßen sie eine ganze Weile schweigend nebeneinander. Schließlich fragte Noi:

„Meinst du das wir richtig gehandelt haben?"

Nach einer langen Gedankenpause antwortete Wan:

„Ich bin mir heute nicht mehr so sicher wie vor Wochen noch. Trotzdem denke ich ist es war die beste Lösung."

„Ja, denke ich auch. Aber irgend etwas stört mich an der ganzen Abwicklung. Schon diese Geheimniskrämerei und dann noch die sehr oberflächliche Untersuchung. Oder war es bei dir anders?"

„Nein," sagte Wan,

„das hat mich auch etwas verwundert. Und noch etwas fiel mir auf, man berechnet einen ungefähren Geburtstermin, kommt in die Klinik, bekommt eine Spritze und prompt setzen die Wehen ein. Schon seltsam, oder?"

„Ja, war bei mir genau so. Man bekommt eine Spritze, schläft ein und wacht mit den Wehen wieder auf. Ich werde das Gefühl nicht los, irgend etwas stimmt da nicht."

„Weißt du wo die Klinik ist?"

„Nein, ich habe absolut nichts mitbekommen. Ich werde weiter drüber nachdenken. Wir sollten unbedingt in Kontakt bleiben. Lass uns gleich die Telefonnummern austauschen."

17. Wan und Noi

Wan arbeitete wieder wie vorher in der Honey-Bar, als eines Tages Noi anrief:

„Du Wan ich glaube ich weiß wo die Klinik ist in der wir entbunden haben, zumindest so ungefähr. Du hast doch sicher auch das laute Gebet vom Muslimtempel gehört?"

„Na klar, war ja nicht zu überhören. Und das gleich fünf Mal am Tag. Ich hab mich gefragt ob alle Muslims schwerhörig sind."

„Genau. Nun gibt es viele Muslimtempel hier auf der Insel aber nur einige mit einer goldenen Kuppel. Und so eine hab ich oben durch die Fenster gesehen, so ein klein wenig nur. Des weiteren waren Geräusche zu hören die nach Schiffen klangen. Muslimtempel in Wassernähe mit goldener Kuppel? Da gibt es wohl nur eine. Ich weiß auch wo. Hab gestern mit meiner Freundin bei Google Earth geschaut und auch eine gefunden. Lass uns doch mal hinfahren."

„Und was willst du dort?" fragte Wan.

„Ich denke die ganze Zeit an mein Baby. Irgend etwas stimmt da nicht, hast du ja auch gespürt. Vielleicht ist ja alles ok und es lebt jetzt bei einer netten Familie, vielleicht sogar in Amerika. Ich will es ja gar nicht zurück, möchte nur wissen dass es ihm gut geht."

„Das geht mir ähnlich. Gut wir können mal schauen."

„Lass uns morgen früh fahren, da hab ich das Motobike von meiner Freundin."

So fuhren sie am nächsten Morgen an den von Noi vermuteten Ort. Sie fanden die Moschee mit der goldenen Kuppel, hörten Schiffe tuten aber sonst war nichts Interessantes zu sehen, es war eine absolut ruhige Straße. Es gab keinen Hinweis auf eine Klinik oder auf eine Arztpraxis. Sie stoppten und berieten was zu tun wäre als eine große Limousine mit dunklen Scheiben in die Straße ein bog und vor einem großen Tor hielt. Das Tor glitt auf und der Wagen fuhr hinein.

„Das ist doch der Wagen in dem wir auch gefahren sind" rief Noi.

„Hier muss es sein."

Sie parkten das Motobike und warteten.

Nach einer Weile ging das Tor wieder auf und die Limousine fuhr heraus. Bevor das Tor wieder schloss fasste Noi Wan an die Hand und zog sie durch die Einfahrt in den Hof.

„Klack". Das Tor war wieder zu.

„Und nun?" fragte Wan ängstlich.

„Wir verstecken uns hier und warten ab," war Nois Antwort.

Sie suchten Deckung sich hinter einem Stapel kleiner Holzkisten die einen süßlichen Geruch von sich gaben. Es geschah lange Zeit nichts auf dem Hof. Dann ging eine Tür auf und eine ältere Frau mit einer dicken Hornbrille und einer tiefen Falte auf der Stirn trat heraus.

„Das ist doch", sagte Wan erschrocken.

Mehr ging nicht da Noi ihr den Mund zu hielt. Die Frau ging in eine andere Tür, kam nach kurzer Zeit heraus und ging wieder zur anderen Tür zurück. Kurz bevor sie sie erreichte blieb sie stehen, blickte in Richtung des Kistenstapels, lächelte und sagte:

„Ihr könnt gerne heraus kommen, wir haben euch die ganze Zeit beobachtet. Hier herein bitte."

Damit hielt sie die Tür weit auf und wartete das die Mädchen ihrer Aufforderung folgten.

Etwas zögernd traten sie aus ihrer Ecke und gingen ins Haus. Was blieb ihnen anders übrig. Drinnen schob Chao sie einen Gang entlang und dann in ein Zimmer. Es war Noi nur zu gut bekannt.

„So haltet ihr also unsere Vereinbarung ein.", schnaubte die Dame und blickte finster auf die Beiden."

„Wir wollten nur," warf Noi ein,

„wir wollten nur wissen ob es unseren Babys gut geht."

„Eure Babys? Ich weiß von keinen Babys, hab ihr euch wohl eingebildet. Was mach ich nur mit euch? Polizei anrufen? Ihr wolltet sicher was stehlen hier"

„Nein, nein, wir wollten nur....".

„Was glaubt ihr wohl wem die Polizei mehr glaubt, zwei Barladys die in ein Haus einbrechen oder mir? Ich finde schon etwas das ihr gestohlen habt. Da könnt ihr sicher sein. Ich werde erst mal mit meiner Chefin telefonieren, dann sehen wir weiter."

Damit schoss sie hinter sich die Tür. Erst jetzt entdeckte Noi das die Tür auf der Innenseite keinen Knauf hatte. Sie waren gefangen. Ratlos setzten sie sich schweigend auf die Bettkante.

Chao rief Bo an:

„Wir haben hier ein kleines Problem. Zwei Mädels die vor einiger Zeit hier entbunden haben sind in die Klinik eingedrungen. Wollten sehen ob es ihren Babys gut geht. Gesehen haben sie weiter nichts aber sie ahnen anscheinend das es nicht mit rechten Dingen zugegangen ist hier. Was machen wir mit ihnen?"

„Du weißt was passiert wenn sie plaudern und wenn man unsere Klinik überprüft. Dann geht's uns allen ziemlich schlecht. Schaff mir das Problem von Hals. Egal wie."

„Ich dachte wir bringen sie ins Labor. Hier müssen sie jedenfalls weg."

„Tu was du für richtig hältst. Wir können sie ja als Ladys im Labor beschäftigen. Waren doch Barladys, die wissen doch was unsere Mitarbeiter mögen und was ihre Arbeitsfreude aktiviert. Denk mal nach."

Eine Nurse brachte den Mädchen etwas zu trinken mit der Bemerkung:

„Wir sind ja keine Unmenschen."

Seltsamerweise wurden beide daraufhin müde und schliefen ein. Man trug Wan und Noi ins Auto, verhängte die Scheiben noch zusätzlich und gab dem Fahrer die Order ins Labor zu fahren und die Mädchen dort ab zu liefern. Der Betriebsleiter wurde angewiesen sie dort in einen sicheren Raum zu bringen.

Das Getränk muss ziemlich stark gewesen sein. Jedenfalls waren sie noch nicht ganz wach als das Auto das Labor erreichte, Es fuhr gleich in die große Halle, man packte Wan und Noi und schleifte sie taumelnd eine Treppe hinunter und brachte sie in einen Lagerraum. Dort ließ man sie auf den Boden fallen, schlug die Gittertür zu und schob den Riegel vor. Der Raum war dunkel, nur in der Vorhalle brannte ein schwaches Licht. Wan erwachte als erste:

„Noi, wach auf, wo sind wir hier, was ist passiert?"

Noi rappelte sich mühsam auf, ihr dröhnte der Kopf.

Sie schaute sich um, soweit es in der Dunkelheit möglich war, tastete an den Wänden entlang und stellte fest:

„Das sind ja alles Felsen hier, wir sind in einer Höhle eingesperrt."

Sie rüttelte an der Gittertür:

„Hallo, hört mich jemand! Hallo, Hilfe!",

und stellte dann fest dass sie alleine waren. Kein Laut war zu hören. Nur irgendwo tropfte Wasser von der Decke. Schluchzend setzten sie sich auf einen Bretterstapel, der in der Ecke lag. Sie redeten nicht, jeder war mit seinen Gedanken alleine. Nach ewig langer Zeit schreckten sie auf weil sie Stimmen hörten, Männerstimmen, die langsam näher kamen. Sie verhielten sich still, hatten Angst. Die fünf Männer mit Taschenlampen in den Händen blieben vor der Gittertür stehen und leuchteten hinein.

„Was hat uns denn die Chefin Schönes mitgebracht?" sagte einer. Die anderen lachten:

„Werden wir ja gleich sehen."

„Na ja, nicht schlecht. Beide ganz brauchbar. Gute Figur. Schlanke Beine. Ziemlich jung." Alle redeten durcheinander. Dann öffnete einer von ihnen den Riegel der Gittertür.

„Was meinst du," sagte jemand,

„nehmen wir gleich beide oder erst mal eine und die andere für morgen?"

Der Angesprochene, anscheinend der Wortführer sagte:

„Erst mal eine, die andere läuft uns ja nicht weg."

Allgemeines Gelächter.

"Ich denke die mit dem kurzen Jeansrock, die nehmen wir uns zuerst vor."

Damit zeige er auf Noi, die gleich zusammen zuckte. Vier Männer kamen herein, einer blieb an der Tür stehen. Sie packten Noi, die zappelte und schrie, was ihr aber nichts nützte. Die Männer waren einfach stärker und in der Überzahl. Wan wagte sich nicht zu rühren. Einer hielt Noi von hinten fest und drückte ihre Arme an den Körper, so dass sie kaum Luft bekam, zwei andere griffen nach ihren Beinen. So schleppten sie sie in den Vorraum und weiter die Treppe hinauf. Der Mann an der Tür schlug die Gittertür zu und ließ den Riegel einschnappen.

"Keine Angst," sagte er beim Weggehen zu Wan,

„Du kommst auch noch dran," und lachte vor sich hin.

Eine Weile hörte Wan Noi noch schreien und die Männer dazu lachen, dann schlug in der Ferne eine Tür zu. Es war wieder still und sie war alleine in der Höhle.

„Petchup!" Kitichai hatte die Tür aufgerissen und rief in den Flur.

„Petchup komm, es gibt Arbeit."

Als dieser angerannt kam saß der Major vor dem PC und starrte auf eine Karte von Google Earth.

„Mich hat gerade der Abt von Kho Kaeo angerufen. Er macht sich Sorgen um einen seiner Mönche. Den hatte er vor längerer Zeit los geschickt um Erkundigungen ein zu holen. Erkundigungen über Verbrechen an ungeborenen Kindern. Den Verdacht hatte man schon länger. Es soll einen Bretrieb geben der das thailaändische Heilöl in großen Mengen herstellt. Dabei soll es nicht mit rechten Dingen zu geht. Jetzt kommt auch die Verbindung zu dem Toten von der Insel zustande. Er hat mir Koordinaten genannt von der Stelle an der sich die Produktionsstelle befindet. Er bezeichnet sie mit Khwai si Dam. Mehr weiß er auch nicht. Aber sein Mönch hat ihm gemailt dass er die Stelle gefunden hat und nun dort eindringen will. Seit dem ist Schweigen, auch das Handy ist abgestellt. Er macht sich nun große Sorgen und Vorwürfe. Außerdem hat er mir eine Telefonnummer gegeben von einer Entbindungsklinik in Phuket Town. Von dort sollen wohl ständig tote Babys angeliefert worden sein. Lass eine Kollegin dort mal einen Testanruf machen. Aber wie du hier siehst zeigen die Koordinaten auf eine Stelle in den Bergen nördlich von Ranong. Geht nur ein schmaler Weg hin. Haben wir noch genauere Karten? Check das mal. Möglich wäre ein Überflug mit einem Helikopter, ein unauffälliger natürlich. Außerdem hat er mir ein Autokennzeichen genannt das mit dieser Klinik in Verbindung steht. Damit habe Leute tote Körper von Klöstern abgeholt. Kläre mal auf wen das Fahrzeug zugelassen ist. Und Tempo bitte."

„OK Chef, bin schon weg."

Wenig später war er wieder da.

„Das Auto ist ein Pick-Up der auf eine Bo Ankan Sumtoma zugelassen ist."

„Das ist doch!"

„Genau. Die Lebensgefährtin von Thanon Tserasch. Chef wir haben die gesuchte Spur. Die Kollegin hat unter der angegebenen Nummer erfahren das man dort Frauen helfen könne die in Schwierigkeiten gekommen sind. Genaueres wollte man nicht sagen aber wir haben eine Adresse und unsere Mitarbeiterin hat für heute Nachmittag einen Termin zu einer Beratung abgemacht."

„Gut, schick einen Polizisten in Zivil vorbei, soll mal schauen und die Kollegin soll sich etwas ausstopfen. Oder haben wir auch Schwangere im Dienst hier?"

„Kriegen wir hin," sagte Petchup voller Tatendrang.

Major Kitichai ließ sich telefonisch mit seiner vorgesetzten Stelle verbinden um einen Hubschrauber an zu fordern.

„Bitte dringend."

Den Einsatz wollte er selbst übernehmen. Eine Stunde später landete der Helikopter auf dem Sportplatz in der Nähe und Kitichai gab dem Piloten die Koordinaten die er gerade erhalten hatte.

„Bitte nur unauffälliger Überflug, nicht zu tief und Fotos machen wenn ich Order gebe."

Nach einer guten Stunde war man im richtigen Gebiet. Berge und Wald, nirgendwo Gebäude oder gar eine Siedlung.

„Gut die Höhe?" fragte der Pilot

„Ja ok und nun gerade rüber über den Punkt. Vielleicht etwas langsamer."

Sie sahen den Weg und einen Felsen vor dem einige Autos parkten. Die eingebaute Kamera fotografierte. Dann machten sie nach einer Strecke eine Kurve und flogen 90 Grad zum ersten Überflug noch einmal über den Platz.

„OK, reicht," rief der Major. Nun zurück und die Bilder auswerten. Er ließ sich gleich den Chip aushändigen und schob ihn, wieder in seinem Büro, in den PC. Petchup kam gleich dazu und schaute seinem Chef über die Schulter.

„Das sieht so aus als wenn der ganze Betrieb in einer Höhle ist," sagte Kitichai nachdem sie die Fotos gesichtet hatten. „da hinten sind einige Hütten zu erkennen, vielleicht Unterkünfte. Und hier vorne am Weg, kurz bevor er in die Landstraße mündet ist auch noch ein kleines Haus unter den Bäumen zu erkennen und davor steht ein Auto. Ich denke das ist ein Volltreffer."

Kurz vor Feierabend meldete sich die „schwangere" Kollegin.

„Die habe mir eine kostenlose Entbindung angeboten. Das Kind würde dann an wohlhabende Familien weiter vermittelt. Vornehmlich in die USA. Alles absolut sicher und unbürokratisch. Wir haben einen ungefähren Termin abgemacht und kurz vorher soll ich mich telefonisch melden. Hier ist die Adresse des Kontaktbüros. Liegt in der Stadt. Außerdem verkauft man dort ein Heilöl. Das es das gibt wird immer erzählt aber hier kann man es tatsächlich erwerben. Ich hab gehört das es aus den Körpern

128

totgeborenen Kinder gewonnen wird. Als ich nach dem Preis fragte hat man nur gelächelt und gesagt das könnte ich mir ohnehin nicht leisten."

„Ihr wisst was ich jetzt denke?" Kitichai sah in die Runde.

Die Beiden nickten betroffen.

„Ich mag es nur noch nicht glauben. Also an die Arbeit, Petchup bereite alles vor für einen Besuch in diesem Betrieb. Ich denke, da die sogar ein Wachhaus haben sind die Leute dort schwer bewaffnet. Wir sollten gleich mit unserem Spezialeinsatzkommando antreten. Sicher ist sicher. Gib dem Kommando diese Fotos zur Vorbereitung. Für heute ist es sicher zu spät aber morgen will ich Taten sehen. Ich komme selbst mit. Und ein zweites Team nimmt sich das Stadtbüro vor. Sollen auch feststellen wo die Entbindungen oder soll ich gleich sagen Abtreibungen vorgenommen werden und von wem. Müssen doch irgend einen Arzt dafür haben. Einsatzbesprechung morgen 10 Uhr."

18. Das Labor

„Chefin, wir haben Besuch".

Bo schreckte auf als sie den Anruf ihres Betriebsleiters vernahm. Besuch? Hier? Sie erwartete niemanden. Könnte also nur etwas Unangenehmes sein, das sie jetzt erwartete.

„Wer ist es? Kennen wir ihn?" fragte sie.

„Es ist ein Mönch," sagte der Mann am anderen Ende der Leitung etwas verlegen.

„Keine Ahnung wie der hier her kommt."

„Ein Mönch? Ok, ich komme".

Bo machte sich auf den Weg nach unten. Sie hatte sich im rechten Auge des Buffalos ein kleines Appartement eingerichtet. Weg vom Laborbetrieb und mit einer tollen Aussicht in die Berge. Wenn nur der lange Treppenaufstieg nicht wäre. Zum wiederholten Male beschloss sie demnächst einen Aufzug ein zu bauen. Demnächst. Thanon hatte es für Unsinn bezeichnet, dafür hätte man kein Geld. Aber jetzt, jetzt war sie der Boss, jetzt war alles anders. Nur sie traf die Entscheidung. Der Aufzug rückte also näher.

Unten in der Halle stand der Betriebsleiter mit mehreren der Sicherheitsleuten zusammen und in deren Mitte ein Mönch in seinen orangefarbenen Tüchern. Bo betrachtete ihn eine ganze Weile aus der Ferne bevor sie näher trat.

„Savadeekaa", sagte sie und begrüßte ihn mit zusammen gelegten Händen, so wie es sich geziemt.

„Was verschafft uns die Ehre deines Besuches?"

„Ich glaube ich bin hier am falschen Ort gelandet," antwortete Subtoi verlegen.

„Ich bin auf der Suche nach der Einsiedelei meines Bruders. Die muss hier irgendwo in der Nähe sein. So hat man mir gesagt. Ich muss ihn unbedingt finden da er wegen einer Familienangelegenheit dringend nach Hause muss".

„Kennt jemand eine Einsiedelei hier in der Gegend?" fragte Bo in die Runde.

„Ihr habt doch zum wiederholten Male die Umgebung durchkämmt."

Die Männer schüttelten den Kopf.

„Ist uns nicht bekannt".

„Ja," sagte Subtoi,

„dann entschuldigt die Störung, dann muss ich woanders weiter suchen."

„Nicht so eilig," warf Bo ein,

„vielleicht können wir dir ja irgendwie weiterhelfen."

Merkwürdig, dachte sie. Klar manche Mönche lebten in einer Einsiedelei, abgeschieden von aller Welt aber ihre Mutterklöster wusste immer wo sie waren.

„Wo ist denn dein Kloster", fragte sie ganz beiläufig.

„Ich lebe normalerweise auf Kho Kaeo", sagte er .

Das war sein erster Fehler. Und Bo wurde auch sofort stutzig. Kho Kaeo? Wieder mal Kho Kaeo? Das konnte kein Zufall sein. Sie hatte in ihrem ganzen Leben noch nie von Kho Kaeo gehört, und nun gleich zweimal und beide Male in direkter Beziehung zu ihrem Unternehmen. Thanon wollte dort einen geheimnisvollen Geschäftspartner treffen und kam auf mysteriöse Weise ums Leben und nun ein Mönch von der gleichen Insel, und das in ihrem Labor. Nein, der Sache musste sie auf den Grund gehen. Sie winkte den Betriebsleiter zur Seite.

„Ich werde mit ihm jetzt durch das Labor gehen, ihm die gesamte Produktion zeigen. Irgendwann wird er sich verraten. Ich möchte wissen wer sein Auftraggeber ist. Weglaufen kann er uns ja nicht. Dafür seid ihr verantwortlich."

„Wir können ihn natürlich auch etwas intensiver befragen," warf der Mann ein.

„Da wurde bisher jeder gesprächig."

„Vielleicht später", meinte Bo.

„Erst mal meine Methode."

„Komm", winkte sie Subtoi zu.

„Da du schon mal hier bist, werde ich dir zeigen was wir hier machen. Von dem thailändischen Heilöl hast du ja wohl schon gehört."

 Subtoi nickte.

„Komm, hier entlang". Sie ging voraus in den hinteren Teil der Vorhalle.

„Das produzieren wir hier zur Hauptsache. Dann weißt du ja auch woraus es hergestellt wird."

Wieder nickte Subtoi.

„Gut, das ist die eine Seite unserer Produktion, die andere ist die Herstellung eines Stärkungsmittel, das die Menschen widerstandsfähiger gegen Krankheiten macht, sie leistungsfähiger macht und den Männern eine stärkere sexuelle Potenz verschafft. Aber das ist für dich ja uninteressant".

Sagte sie schmunzelnd mit einem Seitenblick. Subtoi war ein durchaus attraktiver junger Mann und wenn er kein Mönch gewesen wäre, hätte sie schon in Betracht gezogen sich mit ihm etwas intimer zu beschäftigen. Hier in der Einöde gab es wenig Abwechslung. Aber so als Mönch? Sie war keine strenggläubige Buddhistin aber gewisse Dinge waren doch auch bei ihr tief verwurzelt. Der Respekt zu den Mönchen gehörte dazu.

„Wir bekommen einmal pro Tag frisches Rohmaterial angeliefert. Die Körper",

sie sprach bewusst von Körpern und nicht von Babys,

„die Körper werden schon vor Ort in die Reifekisten verpackt. Lieferanten sind Kliniken, Krankenhäuser und auch Klöster."

Wieder schaute sie Subtoi von der Seite an.

Der sagte nur,

„Ich hab davon gehört."

132

„Die Kisten sind luftdicht verschlossen, so brauchen sie nicht gekühlt zu werde. Die Temperatur der Aircondition in den Autos reicht aus. Außerdem braucht das Rohmaterial neun Tage zum Reifen. Der fängt bei der Verpackung schon an."

Sie schritten durch eine Tür und kamen in einen gefliesten Raum der schon eher den Eindruck eines Labors oder einer Produktionsstätte für Medikamente machte. An einer langen Wand Regale auf denen Holzkisten standen von 30 mal 30 cm Ansichtsfläche. Alle mit einer Registrierungsnummer und einem Datum versehen.

„Hier lagert das Material bis zur Reife. Du weißt sicher auch dass wir zur Herstellung des Heilöls nur Totgeborene verwenden können. Babys die nach der Geburt sterben sind nicht geeignet. Die Organe dürfen noch nicht mit der Außenluft in Berührung gekommen sein."

Subtoi schwieg. War ihm alles bekannt, dafür hatte er lange recherchieren müssen. Er war jetzt nur interessiert daran wie es in der Praxis aussah.

In nächsten Raum war eine Abteilung durch eine Glaswand abgetrennt. Drinnen arbeiteten einige Frauen in Laborkleidung und mit Mundschutz.

„Dahin führe ich dich lieber nicht, da drinnen riecht es sehr streng. Aber du kannst sehen wie wir die Kisten an der einen Seite öffnen und dann mit Hitze behandeln. Aus dem Kinn tropft dann das kostbare Öl, dass wir auffangen."

„Wie viel produziert ihr am Tag?" fragte er.

„So zwischen zehn und zwanzig Ampullen. Es kommt auf die Anzahl der Lieferungen an. Wir können ja nicht auf Vorrat arbeiten sondern müssen produzieren wenn das Material kommt. Wir haben es mit Konservierungsmethoden versucht oder mit tiefkühlen. Geht nicht, das Öl hat dann keine Wirkung mehr. Ist eben ein reines Naturprodukt."

„Wie ist es mit den erforderlichen Gebeten?" warf Subtoi ein.

„Es wirkt doch nur wenn dabei die entsprechenden Gebete gesprochen werde."

„Das machen wir später in der Stadt", warf Bo ein.

„Da haben wir einen Mönch der die Ampullen segnet."

Subtoi sagte nichts, fand es aber etwas absonderlich.

Sie gingen weiter und kamen in die Abteilung in der die Stärkungsmittel hergestellt wurden. Mehrere Frauen waren dort bei der Arbeit an einigen Maschinen.

„Die Embryos, die wir zur Herstellung verwenden werden tiefgefroren angeliefert", begann Bo ihren Vortrag.

„Dann tauen wir sie auf, reinigen sie und entziehen ihnen durch Gefriertrocknung das Wasser. Die trocknen Teile werden gemahlen, nochmals gereinigt, durchgesiebt, desinfiziert und dann in Plastikkapseln gepresst. Dort hinten werden sie für den Versand verpackt. Läuft ganz gut das Geschäft."

Wieder schaute sie ihn von der Seite an aber Subtoi zeigte keine Regung.

„Wir haben auch noch eine Forschungsabteilung in der wir nach weiteren Produkten suchen."

Auf dem Rückweg kamen sie an dem dunklen Teil der Höhle vorbei den Subtoi schon kannte. Dort hinten war er in diesen Raum eingestiegen.

Nach seinem Sturz in die Fallgrube war er gebückt den engen Gang entlang geschlichen, kam an eine hölzerne Luke im Boden auf der ein Felsbrocken lag und somit von innen nicht zu öffnen war. Nur eine Leiter lag oben drauf. Subtoi wuchtete den Stein zur Seite, öffnete die Luke, leuchtete hinein und beschloss mit Hilfe der Leiter weiter runter zu gehen. Es war ja auch der einzige Weg der ihm blieb. Die Luke ließ er offen und die Leiter unten stehen. Man konnte sie vielleicht für einen Rückzug brauchen. Am Rande der Halle in die ihn der nächste Gang führte blieb er stehen und lauschte. Alles war ruhig also noch etwas weiter wagen. Sehr weit kam er allerdings nicht. Plötzlich flammten Scheinwerfer auf und mehrere Männer stürzten sich auf ihn und zerrten ihn nach vorne. Woher er kam prüften sie allerdings nicht nach.

Bo und Subtoi gingen weiter nach vorne.
„Wir haben in der Stadt noch eine Entbindungsklinik, in der wir kostenlos Mädchen helfen, die in Schwierigkeiten gekommen sind, auch von dort kommt manchmal, wenn auch selten, Material", warf Bo einen weiteren Versuchsballon aus."
„Ich hab davon gehört", sagte Subtoi. Das war sein zweiter Fehler.
„Ach," platzte Bo heraus,
„seit wann interessieren sich Mönche für Entbindungskliniken? Ist doch nicht unbedingt ihr Metier. Könnte es sein dass du noch viel mehr weißt als du bisher verraten hast? Willst du mir nicht sagen für wen du arbeitest? Warum bist du hier in unser Labor eingedrungen? Aus Versehen passiert so was nicht, da bin ich mir sicher."
Subtoi schwieg, was sollte er anders machen. Man hatte ihn entdeckt und nun hatte er ein wirkliches Problem. Seine Mönchsrobe würde ihm nun nicht mehr viel nützen.
„Ich gebe dir Gelegenheit darüber nach zu denken ob du nicht etwas redseliger werden möchtest."
Damit winkte sie den im Hintergrund wartenden Männer.

„Bringt ihn mal in einen Raum in dem er in Ruhe nachdenken kann".

Der Wärter packte ihn am Arm und wollte ihn wegziehen. Subtoi erschrak, er war nicht gewohnt dass man ihn anfasste. Bo grinste:

„Der ist Muslim, der hört nicht auf Buddha, der glaubt an Allah. Und er hat keinen Respekt vor heiligen Mönchen. Also nimm dich in Acht."

Der Mann packte ihn und schob ihn etwas weiter einen Gang entlang in eine Höhlennische die mit einem stabilen Gitter verschlossen war. Klack, die Tür war zu und der Riegel vorgeschoben. Subtoi setzte sich ratlos in eine Ecke.

Am späten Nachmittag ließ Bo ihn zu sich bringen.

„Nun, hast du dir überlegt mir zu sagen wer dich beauftragt hat?"

Subtoi schwieg, was sollte er sagen? Sein Abt hatte ihm aufgetragen unter allen Umständen zu schweigen und lügen wollte er auch nicht.

„Ich brauche deine Aussage auch nicht mehr. Meine Erkundigungen haben mir Klarheit verschafft. Welchen Auftrag hat Sombat dir gegeben? Die Produktionsmethoden kennt er doch und den Sinn der Entbindungsklinik auch. Er ist ins Kloster gegangen, dass hab ich raus gefunden. Wahrscheinlich kennst du ihn daher. Ich denke er will unseren Betrieb an die Polizei verraten und dafür braucht er Beweise. Die sollst du verschaffen."

„Ich kenne keinen Sombat," protestierte Subtoi.

Bo winkte ab.

„Dann werde ich dir mal erzählen was wir in der Abtreibungsklinik wirklich machen. Anfänglich haben wir tatsächlich versucht die Babys an Adoptiveltern zu vermitteln. Bringt ganz gut Geld aber die bürokratischen Hindernisse sind einfach zu groß. Man braucht Papiere. Klar, kann man bei uns kaufen, wie alles. Aber dadurch bringt man sich in Abhängigkeit von anderen Leuten, was gefährlich werden kann. Nein, wir sind dazu übergegangen die Körper nur zur Produktion unseres Öls zu verwenden."

Sie schwieg und schaute Subtoi an.

„Aber das hat dir Sombat ja schon erzählt. Jetzt denkst du, natürlich denkst du das, wir sind Mörder, Mörder an kleinen Kindern. Falsch! Diese Körper haben nie wirklich gelebt, sie haben nie geatmet, nie die Luft der Erde gespürt. Denk an die Embryos die man uns verkauft. Alles Abtreibungen. Wir machen das Gleiche, halt nur etwas später. Außerdem helfen wir den Mädchen bei der Beseitigung eines Problems. ohne das es sie was kostet. Tun also noch ein gutes Werk."

Und nach einer geraumen Weile fuhr sie fort:

„Jetzt wo du alles weißt ist es für uns natürlich sehr riskant dich einfach laufen zu lassen. Wir werden den Betrieb nicht einstellen, so wie Sombat sich das wohl vorstellt und wie es vielleicht gut für sein Seelenheil ist. Nein, wir machen weiter wie bisher. Für dich habe ich einen Vorschlag. Du bleibst bei uns, wirst einer unserer Mitarbeiter und bist verantwortlich für die ordnungsgemäße Entsorgung der Körper sowie für die entsprechenden Gebete bei deren Verbrennung und auch bei der Herstellung des Öls. Wir geben dir Material und Leute zum Bau eines kleinen Tempels. Deine bisherigen Übungen und Praktiken als Mönch kannst du natürlich weiterhin ausüben. Denke bis morgen darüber nach."

Damit war er entlassen und die Wachen brachten ihn in seine Zelle zurück, nicht ohne ihm Wasser und Essen in die Hand zu drücken.

„Wir sind schließlich keine Unmenschen," lachten sie dabei.

Subtoi verbrachte eine unruhige Nacht. Auch seine Versuche zu Meditieren führten zu keinem Erfolg. Am Morgen war sein Ergebnis, ich muss Zeit gewinnen. Suriban kennt die Koordinaten, er wird was unternehmen wenn ich mich nicht melde. Niemand wollte ihn am Morgen sprechen, nur ein Wärter schob wortlos eine Schüssel Reis durchs Gitter. Dann hörte er Stimmen und sah wie man zwei Frauenkörper herein trug, in eine andere Zelle legte und diese ebenfalls verriegelte. Wenig später kamen vier Männer, lachten und amüsierten sich, packten dann eine der beiden Mädels und schleppten die Zappelnde weg. Er konnte nicht alles verstehen aber es war ihm klar was nun passierte.

Schon gestern hatte er überlegt wie er aus seiner Zelle fliehen konnte. Dazu brauchte man nur den Riegel hoch zu heben. Nur. Aber wie. Rund um den waren Bleche angeschweißt um genau das zu verhindern. Er brauchte ein Werkzeug oder einen Draht oder ein Seil das er von oben mit einer Schlinge an den Riegel führen könnte. Aber woher nehmen. Der Raum war absolut leer. Mein Sbong, fiel ihm ein. Aber der ist nicht lang genug. Wenn ich ihn nun in der Mitte der Länge nach auftrenne, könnte es reichen. Kurz entschlossen entledigter er sich seiner Kleidung, Niemand konnte ihn hier sehen. Dann zerriss er mit Hilfe seiner Zähne das Tuch in zwei Teile, knotete sie zusammen und machte an einem Ende eine Schlinge. Dann stieg er auf die waagerechte Gittersprosse, klammerte sich fest und versuchte mit dem Tuch an den Riegel zu kommen. Das gelang zwar aber das Tuch fiel immer wieder in sich zusammen, wollte den Riegel nicht packen. Zu weich, dachte Subtoi. Wie kann ich ihn verstärken. Das Einzige was er in seiner Umgebung fand war Wasser im Krug und etwas Reis. Seine Tasche mit seinen Utensilien hatte man ihm abgenommen, auch sein Mobile.

„Gut das ich die SMS mit den Koordinaten gleich gelöscht habe," dachte er.

Reis und Wasser, einen Versuch wäre es wert. So knetet er den weichen Reis um die Öse herum und sie blieb auch offen stehen. Der nächste Versuch. Sah schon besser aus. Wieder und wieder hangelte er mit dem Tuch durch das Gitter und irgendwann blieb es hängen. Ein vorsichtiger Zug, dann ein kräftiger Ruck. Der Riegel sprang auf. Er knotete das Tuch wieder auf, kratzte die Reste vom Reis aus dem Stoff und kleidete sich an so gut es eben ging. Dann verließ er seinen Käfig und verriegelte sorgfältig das Gitter. Sollten sie doch rätseln wie er verschwunden war. Nun vorsichtig und leise weiter. An einer Zelle vorbei in der ein Mädchen saß und weinte. Sie sah ihn nicht. Subtoi ging zur einzigen Tür und öffnete sie einen Spalt. Dort hinten sah er die vier Männer und auf dem Boden lag eines der Mädchen.

„Versteh ich nicht," sagte einer der Männer,

„wir haben noch gar nicht richtig angefangen und nun ist sie schon hin. Last uns was essen, danach holen wir die andere."

Damit standen sie auf und verließen den Raum.

Jetzt aber schnell, dachte Subtoi nur und hastete zur Zelle mit dem Mädchen um sie heraus zu holen und mit ihr zu flüchten.

Wan hatte kein Zeitgefühl mehr, hatte weder Hunger noch Durst, war abgeschnitten von allen Äußeren Einflüssen. Dann tauchte wieder eine Figur an der Gittertür auf. Sie zuckte zusammen, dachte nun würde man sie holen. Doch diese Figur hatte ein orangefarbenes Gewand an. Soweit sie es in der düsteren Umgebung erkennen konnte. Ein Mönch? Hier?

„Hab keine Angst," sagte die Figur leise.

„Ich bin Mönch und möchte dir helfen. Ich bin hier selbst gefangen und konnte mich befreien. Nun müssen wir schnell machen damit wir hier weg kommen. Ich weiß auch wie."

Damit schob er den Riegel zurück und öffnete die Tür.

„Komm, keine Angst."

Wan traute sich nicht. So ging er hinein, packte sie am Arm und zog sie zu sich. Mönchsregeln hin und her, hier ging es um mehr, hier ging es um Leben und Tod.

„Was ist mit Noi?" fragte Wan und blieb stehen.

„Wir können doch nicht ohne Noi gehen."

„Wir müssen," antwortete der Mönch leise,

„Wir müssen, Noi ist tot, sie haben sie umgebracht."

„Komm jetzt, schnell, hier entlang, sonst sind wir die Nächsten die tot sind."

Er tastete sich bei der schwachen Beleuchtung an der Felswand entlang in eine Richtung, ging voraus und Wan folgte ihm. Zwar noch zögerlich aber sie hatten keine Alternative. Subtoi, und um ihn handelte es sich hier, ging weiter in die Höhle hinein bis ein schmaler Gang abzweigte, der sich aber als Sackgasse herausstellte. Ganz am Ende jedoch lehnte eine Leiter an der Felswand.

„Da rauf", er schob Wan in die Richtung der Leiter und hob sie noch ein Stück weiter empor. Sie hatte mittlerweile den Ernst der Situation begriffen, hastete so schnell sie konnte die Leiter hoch. Subtoi hinterher. Oben zog er die Leiter zu sich empor, klappte dann den schweren hölzernen Lukendeckel zu und rollte den großen Felsbrocken darauf. Genau so wie er es bei seinem Eindringen in das Labor vorgefunden hatte. Vor ihnen ein weiterer Gang, eng und niedrig. Teilweise konnte sie sich nur kriechend weiterbewegen. Subtoi zog die Leiter stückweise hinter sich her. Auf Wans fragenden Blick antwortete er:

„Die brauchen wir noch, sonst sitzen wir in der Falle."

Nach einer längeren Strecke dämmerte am Ende des Ganges schwach das Tageslicht. Der Gang endete an drei Meter hohen glatten Felswänden. Unmöglich sie zu erklimmen. Daher also die Leiter. Das war ja auch Subtoi Falle gewesen aus der es kein Zurück gab sondern nur den Weg in die Höhle hinein.

19. Die Flucht

Sie erreichten ohne weitere Komplikationen das Tageslicht, genau an der Stelle wo Subtoi sich an den Abstieg in die Höhle gemacht hatte. Vom Hang aus blicken sie, verdeckt von Büschen und Schlingpflanzen auf den Vorplatz der Anlage. Es war alles ruhig, auch die Wachen waren nicht zu sehen man fühlte sich anscheinend sicher.

„Zu Fuß schaffen wir es nicht bis zur Straße," sagte er, mehr zu sich selbst:

„Sehr schnell wird man feststellen das wir geflohen sind, dann werden sie die ganze Gegend peinlich genau absuchen. Da haben wir keine Chance."

Etwas abseits vom Eingang stand ein alter Jeep, ein sehr alter. Er trug kein Kennzeichen, wurde anscheinend nur hier in der Umgebung benutzt und kam nicht auf die öffentliche Straße. Die Chance das der Schlüssel steckte war also ziemlich groß. Die Chance das Benzin im Tank war wohl eher kleiner. Egal, es war die einzige Möglichkeit die Subtoi sah.

„Wir nehmen den Jeep," sagte er leise zu Wan.

„Der Platz ist etwas abschüssig, vielleicht können wir ohne Motor bis zur Schranke rollen ohne das uns jemand bemerkt."

Ohne ihre Antwort abzuwarten schlich er tief gebückt den Hang hinunter und kauerte sich hinter das Fahrzeug. Vorsichtig lugte er hinein. Tatsächlich, die Tür ließ sich öffnen, der Schlüssel steckte. Er winkte Wan zu kommen und schlüpfte hinein. Sie kam sofort zur anderen Seite. Er blickte sich etwas hilflos im Auto um, Autofahren war nicht seine Sache, einen Führerschein hatte er ohnehin nicht. Gut, hier war die Handbremse und die Füße gehörten auf die Pedale. Das in der Mitte war die Bremse, rechts das Gaspedal und links die Kupplung. Das hatte er behalten. Also los. Fuß auf die Bremse, Gang raus, Handbremse lösen. Wan schaute etwas skeptisch zu. Trotz allem, der Jeep setzte sich langsam in Bewegung. Subtoi steuerte auf die offene Schranke zu, die den Vorplatz zum Weg hin absperrte.

„Langsam, langsam," murmelte Wan ängstlich.

Hinter der Schranke stoppte Subtoi, stieg aus und zog den Sperrbalken runter, ließ das Schloss einschnappen und warf den Schlüssel ins Gebüsch.

„Schafft uns einen kleinen Vorsprung," sagte er zu Wan. Die war inzwischen auf den Fahrersitz gerutscht.

„Ich glaube es ist besser wenn ich fahre, ich hab schon einige Erfahrungen."

Sie ließ den Wagen noch etwas weiter rollen, so weit wie der Weg es zuließ, dann betätigte sie den Anlasser. Der Motor kam sofort und Wan gab Gas.

Die Strecke führte zuerst mit vielen Kurven am Hang entlang, dann, daran erinnerte sich Subtoi noch, kam eine steile Abfahrt. Er hatte sie mühsam zu Fuß erklimmen müssen. Jetzt machte er sich Gedanken über den weiteren Fluchtweg. Unten, kurz vor der Landstraße war das Wachhaus. Daran kamen sie ohne Kontrolle nicht vorbei und die Wachen waren bewaffnet. Außerdem konnte es durchaus sein, das ihre Flucht schon bemerkt worden war, man ihnen folgte und die Wachen benachrichtigt hatte. Nein, das ging so nicht. Auch den Wagen kurz vor der Wache zu verlassen und durch den Wald zu flüchten war nicht sehr aussichtsreich. Die Verfolger waren sicherlich besser trainiert. Die Schlucht, viel ihm ein, klar die Schlucht gleich am Ende der steilen Abfahrt, die ist unsere Rettung.

„Wenn wir an die steile Wegstrecke kommen, halte bitte, zieh die Handbremse an und steig aus. Den Motor lass laufen. Wan blickte ihn unschlüssig und fragend an.

„Wir werden den Jeep in die Schlucht steuern", sagte er, und fügte hinzu:

„Aber ohne uns."

Wan tat wie geheißen. Stoppte in der Mitte des Weges und verließ den Wagen ebenso wie Subtoi. Der suchte nach einem passenden Gegenstand den er vor die Räder legen konnte und den er nach Lösen der Handbremse leicht wieder entfernen konnte. Nach kurzer Suche fand er einen starken langen Ast der auch dick genug war. Das müsste gehen. Er legte ihn vor ein Vorderrad aber nur auf einer Seite des Reifens. Dann stieg er ein und löste vorsichtig die Handbremse. Der Jeep ruckte etwas vor und stand. Gut so, jetzt schnell raus und den Ast entfernen. War leichter gesagt als getan aber dank der langen Hebelwirkung des Astes konnte er mit Hin-und Herbewegen ihn schließlich lockern und wegziehen. Der Wagen ließ sich nicht lange bitte, setzte sich in Bewegung und steuerte, immer schneller werdend geradeaus auf die Kurve zu. Dann durchbrach er das hölzerne Geländer und war verschwunden,. Erst nach einer geraumen Weile, die den beiden wie eine Ewigkeit vorkam, hörten sie den dumpfen Aufprall. Eine Explosion folgte? Nein, absolute Ruhe, so als wenn nichts geschehen war.

„Komm jetzt, schnell," Subtoi zog Wan mit sich in das Gebüsch und dann in den da hinter liegenden Wald. Nicht ohne vorher den Ast vom Weg geräumt zu haben. Ein Stück den Hang hoch, dann an diesem entlang in Richtung der tiefstehenden Sonne. Dort irgendwo musste die Landstraße sei, dort konnte man auf Hilfe hoffen. Plötzlich waren Motorgeräusche zu hören, erst ein Auto, dann noch eines. Sie warfen sich auf den Boden, duckten sich in das Laub. Wan und Subtoi mochten jetzt oberhalb der scharfen Kurve sein. Die Autos stoppten, laute Stimmen schallten herauf, dann Gelächter. Das Problem, so meinten die Verfolger wohl, war gelöst, hatte sich von selbst erledigt. Selbst wenn jemand diesen Absturz überlebt hat, er hätte keine Chance jemals gefunden zu werden oder gar selbst

144

aus der Schlucht zu entkommen. Den Rest würde die Natur übernehmen. Die Autos fuhren weiter, anscheinen bergab zur Wache. Wollten wohl sicher sein das der Jeep es nicht bis hier her geschafft hatte.

Sie hasteten weiter. Es war anstrengend durch das dichte Gebüsch zu kommen. Subtoi wollte noch vor Dunkelwerden an den Bach kommen an dem er schon einmal übernachtet hatte. Dort zwischen den großen blanken Steinen konnte man sich sicher fühlen und, besonders wichtig, dort gab es Wasser. Die Richtung stimmte, schon bald erreichten sie das Bachbett. Es war kein plätschernder Bach, dazu hatte es zu wenig geregnet in der letzten Zeit aber es gab immerhin einige Kolke in denen das Wasser stand. Meist im Schatten der großen Steine und damit angenehm kühl. Sie tranken und tranken. Die Anstrengung und der Schweiß hatten sie ausgetrocknet. Subtoi suchte nach einem geschützten Platz und fand ihn auf einer glatten Felsplatte. Hier könnte man übernachten. Er war gewohnt auf hartem Lager zu schlafen, für Wan würde es wohl etwas unbequemer werden. Die ging derweil etwas weiter den Bach hoch, suchte sich eine Stelle an der sie sich ausgiebig waschen konnte. Mittlerweile war es fast dunkel geworden.

„Zu essen hab ich leider nichts", sagte Subtoi als Wan zurückkam.

„Immerhin ist Wasser da."

Er legte sich auf den Fels, Wan in armlänge Entfernung daneben. Auf den Mönch brauchte sie jetzt keine Rücksicht mehr zu nehmen, seine Reinigungszeremonien würde er ohnehin durchführen müssen. So steckte sie die Hand aus, suchte seine und sagte:

„Danke, danke für meine Rettung. Ohne dich wäre ich jetzt wohl schon tot."

„Schon gut", antwortete der,

„auch ich wäre vermutlich nicht mehr am Leben wenn es uns nicht gelungen wäre zu entkommen. Hoffen wir auf ein gutes Ende. Noch sind wir nicht in Sicherheit."

Sie schauten schweigend in den aufgehenden Mond und in die Sterne. Jeder hing seinen Gedanken nach bis sie in den Schlaf fielen.

Subtoi erwachte als erster als der Himmel sich im Osten hell färbte. Dicht an ihn geschmiegt lag Wan und sah ganz zufrieden aus. So blieb auch Subtoi noch eine Weile liegen und genoss zu seiner Überraschung den warmen weiblichen Körper neben sich. Vielleicht war ein Leben als Mönch doch nicht das richtige für ihn. Wan erwachte als die ersten Sonnenstrahlen ihr in der Nase kitzelten. Auch ihr gefiel, dass man in der Nacht unbewusst näher aneinander gerückt war. Sie beugte sich über ihn und küsste ihn. Küsste einen Mönch! Subtoi vergaß, angenehm überrascht, zu protestieren. Vielleicht vergaß er es auch absichtlich.

Ihr Frühstück bestand aus klarem Wasser. Sie tranken so viel sie nur konnten. Es war sehr fraglich ob sie so schnell wieder trinkbares Wasser finden würden. Dann überquerten sie den Bachlauf und fanden auf der anderen Seite den fast zugewachsenen Pfad, auf dem Subtoi gekommen war. So ging es leichter durch den Wald und das hohe Gebüsch. Es ging gleichmäßig bergab. Irgendwann hörten sie in ganz in der Nähe einen Hubschrauber der sich aber schnell wieder entfernte. Dann meinte Subtoi schnell fahrende Autos zu hören. Jetzt durfte die Landstraße nicht mehr sehr weit entfernt sein. Nun vorsichtig und leise denn auch das Wachhaus war in der Nähe.

„Bald haben wir es geschafft", flüsterte er Wan zu.

„Nett euch wieder zu sehen", dröhnte plötzlich eine Stimme durch die Stille und ehe sie sich versahen waren sie von vier Uniformierten umringt, die alle Pistolen in den Händen hielten.

„Unsere Chefin freut sich schon auf euch".

Damit winkte der Anführer ihnen seitlich durch den Wald abzusteigen. Bald tauchte das Wachhaus auf und davor stand ein Toyota Geländewagen. An der Tür lehnte, freundlich lächelnd Bo Sumtoma, die neue Chefin.

„Hallo ihr Lieben, ich freue mich euch gesund und munter zu sehen. Die Idee den Jeep in die Schlucht stürzen zu lassen war genial. Viele wären darauf reingefallen, meine Leute sind es ja auch. Aber mir war die Sache zu einfach. Ich hab es mir genauer angesehen. Das ein Wagen aus der Kurve schleudert und von der Straße abkommt kann natürlich sein, insbesondere auf dieser Strecke und auf der Flucht. Und dann noch mit unserem uralten Jeep mit dem wir sonst nur Brennholz aus dem Wald holen. Aber hier führten die Reifenspuren schnurgerade aus, ohne Bremsspuren. Sozusagen mit Vollgas ins Nichts. Merkwürdig. Als ich dann den Weg hochstieg fand ich ohne Probleme die Stelle von der ihr den Wagen habt rollen lassen. Auch der Ast war noch da. Pech gehabt. Nun fahren wir gemeinsam wieder ins Labor. Einsteigen bitte."

Sie wand sich zum Auto um.

„Halt Polizei, alle die Hände hoch. Waffen fallen lassen".

Die Stimme dröhnte laut aus einem Lautsprecher. Von unten fuhren mehrere Einsatzwagen vor die Schranke und plötzlich wimmelte es überall in der Umgebung des Wachhauses von Polizei. Sie kamen aus den Büschen, kamen von oben den Weg herunter. Einige knackten mit großem Gerät die Schranke. Alle in einer Spezialmontur die Subtoi nur aus dem TV kannte. Mit Helm, Schutzmaske, einige mit Maschinenpistolen. Kurz danach wieder das Hubschraubergeknatter. Der kam herabgeschwebt und landete in der Nähe auf einer freien Fläche. Heraus stiegen der Polizeimajor Kitichai und sein Assistent Petchup.

„Hallo Mönch", begrüßte er Subtoi fröhlich,

„so sieht man sich also wieder."

Und zu Bo gewandt:

„Wir waren zum Glück schnell genug beziehungsweise wir sind einfach besser. Du wolltest sicher gerade wieder ins Labor fahren. Trifft sich gut, wir auch. Aber etwas anders als du es dir vorgestellt hast. Vorher werden wir deinen umfangreichen goldenen Armreifen noch einen blanken silberfarbenen hinzu fügen. Petchup!"

Der hatte die Handschellen schon parat und lies sie zu schnappen.

„Wir fahren mit deinem Toyota voraus und einer meiner zivilen Wagen folgt. Die anderen, auch die Mannschaftswagen mit entsprechendem Abstand. Bringt uns einen gewissen Überraschungseffekt. Und du Bo, du solltest dir während unserer kurzen Fahrt überlegen ob du mit uns zusammenarbeiten willst, uns das Labor lückenlos vorführst und alle unsere Fragen wahrheitsgemäß beantwortest. Könnte dir vor Gericht ein paar Jahre weniger im Monkeyhaus einbringen. Aber das entscheide nicht ich. Ich kann höchsten ein paar gute Worte für dich einlegen."

Dann zeigte er auf einen seiner Leute.

„Du wirst auf die Wan aufpassen. Die braucht nicht mit uns zu kommen, sie hat sicher genug dort erlebt."

Wan sah erschrocken auf:

„Nein, ich will mit, möchte hier nicht alleine sein."

Damit blickte sie in Richtung Subtoi.

Der Mayor erfasste die Situation blitzartig, überlegte kurz wie er reagieren sollte und sagte dann so neutral wie möglich:

„OK, wenn du weiteren geistlichen Beistand brauchst, dann kommt ihr halt beide mit."

Ein Schmunzeln verkniff er sich noch so gerade eben. Die Kolonne setzte sich in Bewegung. Vorne der Toyota der Chefin mit Petchup am Steuer, sowie Kitichai, Bo und Subtoi und Wan. Dahinter zwei der zivilen Einsatzwagen des Majors. Der Tross mit der Spezialtruppe folgte mit einigem Abstand. Vorsichtshalber waren von denen einige schon vorausgeeilt und hatten sich vor dem Buffalofelsen in Stellung gebracht.

Der Mann an der Schranke hob den Balken als er den Wagen seiner Chefin erkannte. Dann waren schon Polizisten da um ihn zu entwaffnen. Durch den Lärm der Fahrzeuge aufgeschreckt kam der Betriebsleiter zum Haupteingang gestürmt. Bevor er den Wagen seiner Chefin erreichte hatte man ihn schon gepackt und in den Felseneingang gezogen. Jetzt stürmten von allen Seiten die Spezialeinheit heran, sicherte den Vorplatz und machte sich zum Sturm auf das Labor bereit.

Der Mayor blickte zu Bo und die nickte.

„Ok Leute, es wird wohl friedlich abgehen aber seit wachsam. Dann lasst uns mal."

Mit Bo vorweg und dem Betriebsleiter betraten sie die Vorhöhle und von dort die verschiedenen Abteilung. Alle Mitarbeiter wurden nacheinander herausgeführt.

„Dann brauchen wir wohl nicht mit zu kommen", sagte Subtoi zum Mayor.

„Sie wird euch schon alles zeigen. Aber etwas ist noch wichtig. Wan und Ihre Freundin Noi waren Gefangene hier. Wan hab ich befreien können aber Noi ist tot. Die Leute haben sie umgebracht. Ich hab es selbst gesehen."

„Der Fall wird ja immer größer", sagte Kitichai.

„Dann muss ich euch doch bitte uns hier noch weiter zur Verfügung zu stehen bis wir diese Sache aufgeklärt haben. Weißt du wer der oder die Täter sind?"

„Nein, ist dort unten etwas dunkel. Ich hab niemanden deutlich gesehen, würde auch keinen wieder erkennen."

„Aber ich würde die Männer erkennen die Noi raus geschleppt haben," warf Wan ein.

„Sie haben ja gedroht mich auch noch zu holen. Ich verdanke wohl nur Subtoi das ich noch lebe."

Die Untersuchungen liefen programmgemäß ab. Kitichai sichtete gerade in Bos Appartement Unterlagen als Petchup reinkam.

„Wir haben hier eine Gefangene gefunden. War in einem Zimmer eingeschlossen. Sie sagt ihr Name wäre Pia Vajakorn und Bo hätte sie hierher verschleppt. Scheint ein Ladyboy zu sein."

Der Major ließ sie zu sich kommen.

„Du bist hierher entführt worden? Wieso und warum?"

„Wir haben zusammen Geschäfte gemacht und Bo wollte nicht bezahlen. Darüber sind wir in Streit geraten und sie hat mich niedergeschlagen und eingesperrt."

„War für Geschäfte?"

„Ich sollte in Laos für sie das Heilöl verkaufen."

„Lass mal deinen Ausweis sehen."

Petchup hatte ihn schon dabei.

„Du heißt Pia Vajakorn? Bist aber eigentlich ein Mann? Steht jedenfalls hier im Ausweis. Irgendwas stimmt doch da nicht,"

Petchup reichte Kitichai einen zweiten Ausweis.

„Dieser hier ist aus Laos und lautet auf den Namen John Vajakorn. Der thailändische ist anscheinend falsch und gekauft."

Kitichai ließ Bo kommen.

„Diese Person behauptet sie sollte für dich in Laos Heilöl verkaufen und du wolltest sie nicht bezahlen, hast sie statt dessen eingesperrt. Stimmt das?"

„Quatsch, sie sollte für mich so ein Öl in Laos produzieren, sie hat mir aber nur billiges Pflanzenöl angedreht. Darüber sind wir in Streit geraten. Ich will sie nur so lange festhalten bis wir die Probleme gelöst haben und ich mein gutes Geld wieder bekomme. Sie ist von selbst hergekommen."

„Egal, wir nehmen euch erst mal Beide in Gewahrsam. Dich Pia oder John, wegen Passvergehen und was auf Bo alles zukommt weiß ich selbst noch nicht."

Die Polizei registrierte und ermittelte Tage- und Wochenlang bis die Unterlagen für die Anklagen feststanden. Die Herstellung des Öls war an sich nicht strafbar aber der

Mord an ungeborenen Kindern und der an Noi waren Kapitalverbrechen. Die mussten geahndet werden.

Pia-John wurde nach Udon Thani gebracht und von dort mit einem Dienstwagen über die Brücke nach Laos gefahren. In Thailand wurde das Passvergehen nicht weiter verfolgt. Der Wagen wartete am laotischen Ufer der Brücke auf das grüne Licht das die Straße frei gab für den Fahrbahnwechsel von links auf rechts. Für Pia stand die Ampel aber gleich darauf für längerer Zeit auf rot als sie vor der Polizeiwache hielten. Passvergehen war auch hier nicht nicht so bedeutend, konnte man mit einer Geldstrafe ahnden aber die Zusammenarbeit mit einer Abtreibungsklinik würde ihr schon ein paar Jahre hinter Gittern einbringen. Da kannte man hier im Lande keinen Spaß. Die entsprechende Klinik hatte man auch gleich geschlossen.

20. Happy End

Petchup hatte Wan und Subtoi nach den ersten Ermittlungen seinen Dienstwagen zur Verfügung gestellt. Auch zivile frische Kleidung hatte er besorgt. Das orangefarbene Mönchsgewand bestand eh nur noch aus Fetzen. Die beiden wollten etwas Abstand vom Geschehen bekommen und langsam mit dem Auto zur Insel zurück fahren. Wan fuhr. Zwar hatte sie keinen Führerschein aber das ist in diesem Lande Nebensache. Der Führerschein zu erwerben ist viel teurer als ab und zu ein Strafmandat zu bezahlen. Wozu also die Mühe.

An einem freien Platz neben der Straße hielt Wan an und stieg aus. Von hier konnte man auf den Fluss schauen und dahinter das Meer erblicken. Der Fluss schob sein braunes Wasser ins blaue Meer, weit draußen waren sie miteinander vermischt, waren eins geworden. Subtoi schlang seine Arme um Wan:

„Ich möchte immer mit dir zusammen sein, mein ganzes Leben lang. Ich möchte so eins sein mit dir wie der Fluss und das Meer dort draußen. Als Mönch bin ich wohl doch nicht geeignet. Jedenfalls weiß ich das seit ich dich kennen gelernt habe. Lass uns gemeinsam nach Kho Kaeo reisen und Abt Suriban bitten....."

Er hielt inne, drehte Wan um um ihr ins Gesicht blicken zu können.

„Aber vorher muss ich dich ja noch fragen ob du mich überhaupt heiraten möchtest."

Wan nickte nur und drückte ihn schluchzend noch fester an sich.

Der Mayor und sein Assistent saßen in Kitichais Office um Resümee zu ziehen.

„Die Sache ist sehr gut gelaufen", sagte der Mayor.

„Der Einsatz war perfekt, alle Beteiligten wurden festgenommen und sind geständig. Ausfälle bei uns gab es keine. Auch die Kollegen von Ranong haben gut mitgespielt. Alles ist aufgeklärt, bis auf..."

Er spielte während er sprach mit einer kleinen Glasampulle. Ließ sie zwischen seinen Fingern hin und her pendeln. Als er Petchups fragenden Blick erkannte sagte er:

„Hab ich für das Labor hier mitgenommen, sollten wir dort genauer untersuchen."

Petchup nickte verständnisvoll. Auch er hatte einige dieser Ampullen in seiner Tasche.

„Ja aufgeklärt bis auf die Rolle des Abtes von Kho Kaeo. Das SMS mit den Koordinaten des schwarzen Buffalos kam von ihm, das hat uns Subtoi ja schon gesagt aber woher wusste er den Namen Thanon Tserash und wieso hatte er vom schwarzen Buffalo gehört? Über die Sache mit der roten Flüssigkeit mag ich schon gar nicht nachdenken. Ich meine wir müssen ihm noch einen Besuch abstatten. Lass uns das morgen erledigen, ich will den Fall vom Hals haben.

Wan und Subtoi lieferten den Wagen ab, nahmen sich für die Nacht ein Zimmer in der Nähe des Strandes um am nächsten Tag gleich zur Mönchsinsel zu fahren. Dort wollten sie heiraten. Die Hochzeitsnacht nahmen sie schon vorweg? Nein, noch war Subtoi Mönch und hatte geschworen nach den Lehren Buddhas zu leben.

„Einen Tag können sich wir noch warten", sagte Wan und schmiegte sich an ihn.

Wan und Subtoi betraten die große Gebetshalle auf Kho Kaeo und knieten von dem Abt nieder. Der schwieg eine ganze Weile und schaute auf die beiden herab.

„Du Luang Phi Subtoi hast dein Mönchsgelübte verletzt. Dafür wirst du büßen müssen."

Wieder schwieg er eine ganze Zeit.

„Andererseits hast du Verdienste erworben mit deinem Einsatz, teilweise unter eigener Lebensgefahr. Du hast

154

Wans Leben gerettet, du hast die schrecklichen Praktiken aufgedeckt und publik gemacht. Ja wahrscheinlich hast du sogar hunderten von kleinen Babys das Leben gerettet. Sehr wahrscheinlich sogar. Wir werden es gegeneinander aufwiegen."

„Ich möchte", begann Subtoi,

„ich möchte dich bitten mich als Mönch ganz zu entpflichten. Ich bin nach den Erlebnissen der letzten Tage zu dem Ergebnis gekommen das ich für so ein Leben nicht geeignet bin. Mit einem Seitenblick auf Wan setzte er hinzu:

„Wan ist daran nicht ganz unschuldig."

„Ich dachte es mir schon," antwortete Suriban,

„Ich wollte es nur von dir selbst hören. Und nun möchtet ihr das ich euch vermähle?"

„Ja, darum bitten wir dich":

Suriban nickte sprach seinen Segen über die Beiden, fügte ihre Hände zusammen und sprach die vorgeschriebenen Gebete. Jetzt waren sie nach der Buddhistischen Lehre verheiratet. Die amtliche Bescheinigung war eher Nebensache, könnte man gelegentlich nachholen.

„Eine Frage hab ich noch", sagte Subtoi,

„Woher wusstest du den Namen Thanon Tserasch?"

Suriban lächelte:

„Ich bin zwar schon ein alter Mann, habe mein ganzes Leben im Kloster verbracht, aber ich bin doch nicht fern der Welt. Auch ich habe ein Mobil und kann damit ganz gut umgehen. Das Löschen von Speicherchips gehört dabei zu den einfacheren Dingen. Und der Name war ganz einfach auf das Mobil aufgeklebt, den habe ich entfernt. Ich wollte Probleme für das Wat hier vermeiden, deshalb hab ich so gehandelt. Und die rote Flüssigkeit? Danach traust du dich nur nicht zu fragen, möchtest es jedoch gerne wissen? Nun, die war nicht wirklich da, die hab ihr alle euch nur eingebildet. Der Mann hat hier auf der Klosterinsel einen Mord verübt, dafür hat ihn jemand bestraft. Ich war es nicht, es war jemand anders. Im Grunde hat er sich selbst beseitigt."

Damit blickte er nach oben zur Decke.

Gebückt schoben sie sich zum Ausgang. Dort stießen sie mit dem Mayor zusammen. Seinem Assistenten hatte der geheißen draußen zu warten. Er ging aufrecht auf Suriban zu, der in seinem typischen Lotossitz auf dem Podest hockte. Er hatte die Augen geschlossen und rührte sich nicht, auch als der Mayor ihn ansprach kam keine Reaktion. Etwas irritiert blickte Kitichai sich um, setzte sich dann in respektvollem Abstand vor dem Abt auf den Boden und wartete.

Plötzlich wurde die Tür aufgerissen, Subtoi stürzte herein und auf den Abt zu.

„Bitte nicht Meister, bitte nicht!"

Doch noch bevor er ihn erreichte fiel die Figur des Abtes in sich zusammen, löste sich in Luft auf, war gleichsam zum Himmel gefahren. Nur die orangefarbenen Tücher und ein Amulett lagen auf seinem Platz.

Ob er dabei die siebente Stufe des irdischen Lebens überschritten hat? Wenn man ihn doch schon zu Lebzeiten als Heiligen angesehen hatte? Fast könnte man es glauben.

Wenn man heute zur Insel fährt, den Tag der offenen Tür gibt es immer noch, sieht man ihn in einer Nische der Gebetshalle sitzen. So lebensecht wie man es aus Wachs nur machen kann. Die Gläubigen bringen ihm Blumen, knien nieder, murmeln Gebete und erzählen ihm von ihren Sorgen und Wünschen. Er hört geduldig zu und wenn man genau hinsieht, ist auf seinen Lippen ein leichtes Lächeln zu erkennen.

Das Lächeln der Weisheit und der Erkenntnis?

Inhaltsverzeichnis

Taschenbuch 332 Seiten, 29 Farbfotos, 12,99 €
ISBN 978 3743112711

Kay Clasen

Altlasten

Eine mysteriöse Geschichte von der Baustelle

Taschenbuch 230 Seiten, 8,99 €
ISBN   978 3743116177